LA FEMME DE L'ALLEMAND

Née en 1940, agrégée de lettres classiques, Marie Sizun a enseigné la littérature française à Paris, en Allemagne et en Belgique. À la retraite, elle se consacre à l'écriture. Son premier roman, *Le Père de la petite*, est paru aux éditions Arléa, en 2005. Elle a obtenu, en 2008, le Grand Prix littéraire des lectrices de *Elle* pour *La Femme de l'Allemand* (Arléa, 2007), ainsi que le prix du *Télégramme*. Suivront *Jeux croisés* (Arléa, 2008) et *Éclats d'enfance* (Arléa, 2009).

MARIE SIZUN

La Femme de l'Allemand

ROMAN

ARLÉA

© Arléa, 2007.
ISBN : 978-2-253-12790-1 – 1re publication LGF

À mon frère, J.-Y.

Cette image-là. Tu sais bien. Au commencement de tout.

La petite route de campagne, déserte, sur laquelle tu cours maladroitement – tu dois avoir un peu plus de deux ans – pour *lui* échapper. La fuir. Elle. Échapper à celle qui t'a fait tellement peur tout à coup. Celle qui est devenue soudainement une autre, ou plutôt quelque chose d'autre, et de si terrifiant qu'il fallait te sauver, que tu t'es brusquement arrachée à la main qui te retenait, que tu t'es mise à courir.

Tu cours comme tu peux, tu essayes éperdument d'aller plus vite, mais tu sens qu'elle va te rattraper, qu'elle est presque là. Horreur de l'idée qu'elle t'atteigne, qu'elle te touche, que sa petite main aux ongles pointus se pose sur toi, t'attrape. Tu cries d'effroi. Mais elle arrive, elle est là, elle va te saisir alors que, toi, tu ne peux que crier encore, absurdement, de toutes tes forces. Et c'est « Non ! » que tu cries, non à ça, ce contact, cette épouvante. C'est tout ce que tu peux crier à l'incompréhensible. C'est tout ce que tu peux faire, et tout ton instinct d'enfant se met dans ce cri, ce cri fou. Ce cri que, bien plus tard, des années après, tu pousseras encore, chaque fois que tu rêveras qu'elle entre doucement dans ta chambre, dans le glissement silencieux de la porte… Tu sauras bien que c'est elle, c'est toujours elle, et, au moment où elle apparaît, tu te réveilles, dans la terreur, en nage, sur ce cri, le même, ce cri-là : *Non, maman ! Non !*

Il ne te reste rien aujourd'hui, si longtemps après, de la petite route de campagne. Elle se perd dans l'infini. Tu ne sais ni où elle menait, ni ce que vous faisiez là, ni vraiment quand c'était. 1947 ? Une petite route abstraite, comme on en verrait justement dans les rêves, mais là c'était vrai, une petite route étrangement silencieuse, hors ton propre cri, une petite route bordée d'arbres sans couleurs, une petite route vide, aujourd'hui noyée dans le temps. Tu ne sais plus que ce grand effroi, ce sentiment d'incroyable répulsion, sans l'explication de sa cause.

Ce qui t'a fait si violemment peur, tu ne le sais plus, tu ne peux que l'imaginer : la présence à côté de toi d'un être inconnu, étranger, dangereux. C'est tout ce que ta mémoire retrouve.

Avant ce moment, après lui, plus rien, tu ne sais plus rien. Mais cet instant de terreur, tu le connais, tu le possèdes, c'est ton bien, il est toujours vivant.

C'est le premier souvenir que tu as de ta mère.

Aujourd'hui, tu peux seulement essayer d'imaginer ce qui s'était passé. Peut-être qu'elle s'était mise à chanter, comme cela arrivera après, bien après, de cette voix terrible que tu lui entendras un jour à nouveau, cette voix lourde, brutale comme une voix d'homme, cette voix inconnue, si différente de la sienne, celle que tu connaissais bien, légère, argentine, douce et familière ; peut-être qu'elle t'avait soudain tirée trop fort par la main, t'avait entraînée si rudement, si violemment, qu'elle t'avait fait mal : et, en levant les yeux sur elle, tu lui avais découvert ce visage effrayant, ce regard jamais vu, ce regard d'ailleurs, ce regard que, jamais, plus tard, quand il reviendra, quand tu le retrouveras, tu ne pourras soutenir sans effroi. Pourtant, alors, tu seras habituée ; tu sauras. Tandis que ce jour-là, le jour de la petite route, c'était la première fois. La toute première fois.

Elle était *malade*, comme dirait pudiquement la famille, ses parents, sa tante. Comme diraient les gens. Tu l'entendrais souvent, cette drôle d'expression. Étrange maladie, en vérité, qui allait et venait, disparaissait, reparaissait, avait ses sommets et ses rémissions. Se faisait oublier. Revenait. Une maladie à éclipses. Une maladie à répétition. Une maladie à surprises. Une maladie sur le nom de laquelle, à l'époque, on hésitait. Une maladie qui faisait honte. Une maladie qui faisait peur.

Ça avait commencé, paraît-il, avec le départ de l'Allemand.

L'Allemand, c'était ton père ; tu ne lui connaîtras pas d'autre nom.

De cette histoire de guerre et, déjà, de folie, long-temps tu ne sais rien. Devant toi on se tait; mais quelquefois on oublie, et les mots, tu les entends. Des mots tout seuls, épars, qui, un jour, finiront par s'assembler, former une histoire. La sienne. La vôtre.

Fanny avait dix-huit ans, en 1943, quand elle avait quitté sa famille. Peu à peu tu apprendras, tu sauras. Jamais tout.

Elle avait connu cet homme. L'Allemand. Ils s'étaient aimés. Ils ont dû vivre ensemble quelques mois. Tu ne sais presque rien de ce temps-là.

C'est quand il est parti, en 1944, avec les autres, qu'elle est d'abord tombée malade. C'était la Libéra-tion, et elle avait quitté Paris. Il paraît que, pour elle, ça s'est passé là-bas, en province, quand elle était déjà si mal.

Que c'est arrivé. Quoi exactement, tu ne sais pas.

De ces jours-là, de cette violence sans doute, elle-même ne parlerait pas. Jamais. Jamais ne raconterait. Elle dirait seulement qu'on l'avait hospitalisée, soi-gnée.

Tu es née à Tours. Elle dit que c'est toi, à ta nais-sance, qui l'avais guérie. Toi, sa fille, son amour. Pas les médecins. Jamais les médecins. C'est là, dans la région de Tours, que vous avez d'abord vécu ensemble, toutes les deux, pendant deux ans.

Et puis, le jour de la petite route, mystérieusement, tout avait recommencé, terriblement; une crise soudaine, un brusque embrasement. Tu en as vécu le début, dans l'effroi. On l'a arrêtée, internée; on lui a administré des électrochocs. Alertés, ses parents se sont, le temps qu'il fallait, chargés de toi; ont accepté de s'occuper de cette enfant-là.

Mais de cette période, de ces jours sans ta mère, tu n'as aucun souvenir. Un blanc. Comme si, alors, tu n'avais pas existé.

Au bout de quelques mois, les choses étaient rentrées dans l'ordre, comme on dit. Elle est sortie de l'hôpital, t'a reprise. A regagné Paris, avec toi.

Au début de cette vie recommencée entre elle et toi, il ne se passe rien d'inquiétant, semble-t-il. Tu n'as pas le souvenir d'événements pénibles. Des mois et des mois, quelques années, sans l'image de rien d'effrayant.

Tu prends le petit déjeuner avec elle; c'est à Paris, dans le petit appartement de Saint-Paul où vous vivez maintenant; vous êtes attablées près de la fenêtre ouverte; il fait très clair – souviens-toi comme il fait clair, essaie de retrouver cette clarté, ce bonheur –, ce doit être le printemps, ou l'été; le soleil vient glisser sur la nappe, sur la théière, sur sa main à elle en train de te servir; et cette lumière mouvante, le petit bruit du thé versé dans la tasse, la rumeur gaie du matin qui monte de la rue Saint-Antoine, tu trouves cela beau, et tu rêves un peu. Alors, elle te pose une question de sa voix douce – la voix rassurante des jours où l'on ne songerait pas à écarter sa main de la sienne, la voix qui est celle de ta mère, la vraie; l'autre, tu l'as oubliée, tu crois l'avoir oubliée. Elle répète sa question. Tu la regardes, et tu reviens sur terre; elle rit de ton air étonné. Elle te demande, comme elle le fait souvent, à quoi tu rêvais. Raconte, dit-elle. Et tu racontes.

Elle t'écoute, et tu aimes raconter. Lui raconter. Elle t'écoute de toute son âme, de ses grands yeux clairs ouverts sur toi. Elle dit qu'elle aime ce que tu as dans la tête. Tes histoires. Elle dit que les histoires des enfants sont les plus belles.

Et puis il y a les grands rêves, les rêves de la nuit, qui arrivent comme si c'était vrai et que, le matin, vous adorez vous raconter l'une à l'autre. Les siens sont magnifiques, t'éblouissent, pleins de couleurs et de choses fantastiques, ou alors si drôles, parfois, si cocasses ; et elle raconte si bien, mimant les différents personnages, prenant leur voix. Il arrive aussi qu'ils fassent, ses rêves, un peu peur. « Arrête, tu dis ; arrête, Maman ! » Elle s'interrompt avec un sourire, suspend l'effroi. « Encore… », souffles-tu. Alors elle reprend. Vous vous amusez bien. Comme des folles.

Par la fenêtre ouverte, on voit, de l'autre côté de la rue, l'église Saint-Paul, sa grosse coupole grise qui se détache sur le ciel bleu, et les pigeons sautillant sur la volée des marches. Il y a, de loin en loin, le tintement d'une cloche qui dit le temps ou un office.

Tout est normal, tellement normal alors, crois-tu. Tu ne t'inquiètes de rien. Tu es tout occupée à vivre. Tu grandis.

Elle, tu ne la vois pas, du moins presque pas. Estelle belle ou laide, jeune ou vieille, tu ne sais pas, tu ne t'en préoccupes pas. Elle est simplement elle ; elle est simplement là. Pendant longtemps elle est si proche de toi que tu ne l'observes pas : tu dois avoir cinq ans lorsque tu t'avises qu'elle n'est peut-être pas tout à fait comme les autres femmes ; qu'elle n'est pas coiffée comme il faudrait, comme les dames que tu croises

16

dans la rue le sont, ou les belles femmes des affiches de publicité, ou les actrices des films que, très tôt, tu vas voir avec elle au cinéma ; qu'elle ne porte pas les mêmes robes. Elle, ses cheveux noirs et plats pendent sur ses épaules, en désordre. Elle porte des chemises d'homme, à carreaux, le plus souvent sur un pantalon. Et puis, elle ne se maquille pas. Du tout. Et ses yeux, contrairement à ceux des femmes que tu admires, ne sont ni verts ni bleus, mais seulement très clairs, trop clairs, d'une couleur indécise, qui change avec la lumière, et, plus encore, avec ses humeurs ; d'ailleurs, parfois, l'un a l'air plus grand que l'autre, peut-être aussi un peu plus haut que l'autre. Tu n'aimes pas ça, surtout quand, en même temps, sa bouche tremble un peu. Tu trouves que, dans son visage, tout a l'air flou, bougé. Dans les magazines, dans les films, le visage des femmes est immobile, comme leurs cheveux permanentés, leurs robes bien repassées. Chez elle, chez Fanny, rien, jamais, n'est repassé.

Fanny. Elle s'appelle Fanny. Toi, tu ne l'appelles pas. Pas même, le plus souvent, maman. C'est comme ça. Elle est elle, encore une fois, tout simplement. De même qu'elle ne t'appelle pas Marion, qui est ton vrai prénom. Vous n'avez pas besoin de noms pour vous entendre.

Au quatrième étage de la maison de la rue Saint-Antoine, vous vivez comme sur une île. Là-haut, les noms n'ont pas d'importance.

Tu ne vas pas encore à l'école. Elle, elle travaille à la maison, elle est dessinatrice. Vous ne voyez personne, que tante Élisa et le vieux médecin qui apporte de temps en temps des médicaments à Fanny.

Ce prénom, d'ailleurs, ce prénom qui est le sien, elle le déteste. « Un prénom de petite fille, dit-elle. Un prénom d'enfant gâtée. Encore une idée de mes parents. » Elle rit. Elle rit toujours quand elle parle de ses parents, mais avec quelque chose de méchant dans le regard : elle et eux, pour des raisons qui t'échappent encore, ils sont fâchés, ils ne se voient plus. Jamais. Alors, ce prénom choisi, ils n'ont pas l'occasion de s'en servir.

Eux, ce sont les D... Fanny les appelle comme ça. Les D... *Dimanche, ma chérie, tu dois aller chez les D...* Elle dit aussi pour parler d'eux, évoquer leur appartement, *avenue de Suffren : avenue de Suffren, quand j'étais petite, on pensait que..., on disait que...*

Elle, Fanny, ne va jamais chez les D... Jamais avenue de Suffren. Plus jamais dans cet appartement où, pourtant, elle a passé son enfance et sa jeunesse.

Mais toi, bizarrement, Henri et Maud D... t'aiment bien. Ils se sont occupés de toi, paraît-il, quand Fanny était malade, autrefois. Alors, le dimanche, tu es de temps en temps invitée à passer la journée chez eux. C'est toujours un peu ennuyeux, mais ta mère dit qu'il le faut, que ce sont tes grands-parents, que tu n'as pas d'autre famille. Que *c'est comme ça.* Ce qui ne l'empêche pas de jouer à imiter les manières de Maud et Henri, leur langage. Elle est comme ça, Fanny, ta mère, et tu l'aimes d'être comme ça. Vous riez beaucoup toutes les deux quand elle fait son *numéro D...* Elle le fait si bien. Elle est si drôle, Fanny, parfois.

C'est tante Élisa, la sœur aînée de ta grand-mère Maud, qui vient te chercher quand tu dois aller avenue de Suffren – c'est pratique puisqu'elle vit chez eux –, et c'est elle qui te ramène à la maison. Élisa, elle, ne s'est pas fâchée avec ta mère, et Fanny adore sa tante, même si elle se moque un peu d'elle, de ses curieux chapeaux, de ses manteaux démodés : elle dit que c'est *une vieille fille*, qui n'a jamais eu d'amoureux, et que c'est bien triste d'avoir vécu de cette façon.

Ces informations, ces jugements, ta mère les profère un peu pour elle-même, un peu pour toi, comme si tu étais grande. Tu écoutes ; tu apprends, même si tu ne comprends pas tout de suite. Tout ce que dit Fanny, avec son petit sourire, ce petit tremblement familier de la lèvre inférieure quand elle est émue, t'impressionne toujours. Quand elle parle de choses qui la touchent, ils sont, ses yeux, comme lumineux. C'est alors qu'elle est belle.

Vous aussi, ta mère et toi, vous vous appelez D… Mais vous, ce n'est pas pareil. C'est juste la concierge qui vous appelle comme ça. *Bonjour, Madame D…, Une lettre pour vous, Madame D…*

Vous, personne n'a besoin de vous appeler. Chez vous il n'y a pas de visites, à part celles de tante Élisa et du docteur Attal, le vieux médecin qui vient apporter des médicaments à Fanny, bavarder avec elle, te soigner quand tu es malade.

Vous vivez seules, mais cela vous plaît ; vous êtes bien ensemble, ta mère et toi, dans le petit appartement de Saint-Paul. Vous n'avez besoin de personne.

Tu ne te demandes pas, à cette époque, pourquoi vous êtes seules. Pourquoi Fanny n'a pas d'amis. Aucun. Aucune. Elle dit seulement qu'elle se trouve bien avec toi, que les gens l'ennuient. Ce qu'elle aime, Fanny, c'est simple : elle aime ses dessins, ses livres, le cinéma, et toi.

Et puis quelqu'un d'autre. Quelqu'un dont elle parle quelquefois, d'un ton bizarre. Un homme qui n'existe pas. Un homme qui n'existe plus : ton père.

Tu ne t'étonnes pas. Avec Fanny, tu comprends tout sans qu'elle explique.

Un père, tu as toujours su que tu en avais un. Mais un père mort. Fanny t'a dit qu'il était mort.

Mort. Un drôle de mot, dont la musique souffle du vide. Du froid. Un mot dont tu as saisi le sens avant de le connaître.

Elle t'a dit aussi qu'il était *allemand*, ton père, mais qu'il ne faut pas en parler, ma chérie. Jamais. À personne. C'est un secret.

Ces paroles étranges, dans le silence, tu les écoutes, tu les entends. Et puis on parle d'autre chose. De questions, tu n'en poses pas. Encore une fois, c'est ainsi, un point c'est tout.

Parfois, Fanny raconte une chose ou l'autre à propos de cet homme qui n'est pas. Elle raconte comme ça, par hasard, on ne sait jamais quand cela arrive. Bizarrement.

Quand elle en parle, elle dit « ton père ». Ou « lui », ou « il ». Jamais de nom. Elle a raison, un nom, c'est inutile quand on n'existe pas.

Alors, pour toi, ton père, c'est l'Allemand. Simplement.

Un jour, chez tes grands-parents, un jour de visite avenue de Suffren, tu as surpris une conversation chuchotée avec colère entre Maud et Henri, et ils l'ont appelé de cette façon : *l'Allemand.* Tu as tout de suite saisi de qui il s'agissait. Et ce nom-là, tu l'as trouvé si joli, que, depuis, dans ta tête, c'est celui que tu donnes à ton père qui n'existe pas.

Tu aimes votre appartement, ces deux pièces tout en haut d'un escalier dont les marches craquent un peu quand on grimpe, à l'avant-dernier étage d'un vieil immeuble. C'est là qu'elle était venue avec toi, après sa maladie ; là que vous vous étiez installées ; là que tu t'es mise à voir, à entendre, à comprendre. Là que tu as commencé à aimer Fanny.

Dans une des pièces, celle où l'on entre directement depuis le palier, on fait la cuisine, on se lave, et on mange. Dans l'autre, on dort : c'est la chambre ; il y a là vos deux lits et aussi une grande armoire, donnée par les parents de Fanny, qui ne l'aime pas et dit toujours qu'elle va s'en débarrasser.

Il y a chez vous trois petites fenêtres carrées, deux dans la grande pièce, une dans la chambre ; tu aimes la lumière changeante qu'elles donnent au fil de la journée ; tu aimes aussi le battement de la pluie contre les vitres ; ou, les jours de soleil, quand on ouvre tout grands les vantaux, le surgissement brusque des bruits de la rue dans l'appartement, la rumeur du marché de la rue Saint-Antoine, les cris d'enfants, le roulement des voitures.

Le sol est carrelé de tomettes d'un rouge fané dont la géométrie et les fissures, les teintes indécises dessinent pour toi des figures, esquissent des histoires. Fanny s'amuse de te voir les déchiffrer, à quatre pattes. Raconte-moi ce que tu vois, dit-elle.

Aux murs, elle a punaisé des reproductions de tableaux. L'une représente la femme d'un peintre, un jeune peintre autrichien qui s'appelle Schiele ; en Autriche, te dit-elle un jour, on parle la même langue qu'au pays de ton père, l'Allemagne. Elle ajoute qu'elle aurait aimé être cette jeune femme, cette Édith au regard naïf et à la jupe rayée enfantine. Regarde ses beaux yeux, dit-elle, vois-tu comme elle a l'air amoureuse ?

Fanny est toujours un peu bizarre quand elle parle de l'amour, celui qu'on voit au cinéma ; ou celui qu'elle avait pour l'Allemand. Ça n'arrive pas très souvent. Mais tu n'aimes pas trop le sourire qu'elle a alors, ni son regard. Comme si elle n'était plus tout à fait avec toi.

Une autre reproduction montre un lit dans une petite chambre bleue : la chambre de Vincent, dit Fanny ; un peintre qui vivait alors à Arles, dans le Midi. Il était jeune et savait voir la beauté des choses, partout. Les choses les plus simples. Toi aussi, ma chérie, tu sauras ?

Cette image-là te ravit. Tu voudrais dormir dans ce lit, sous cet édredon rouge. Fanny te dit que cette reproduction et celle de Schiele représentent des moments de bonheur ; que c'est pour ça qu'elle les a mises là. Le bonheur, qu'est-ce que c'est, tu demandes. Elle sourit sans répondre. Tu insistes, et elle finit par te dire que c'est trop compliqué à expliquer à une petite fille : tu n'as qu'à regarder les tableaux ; elle est sûre que tu comprendras.

Et puis il y a tous les dessins qu'elle a faits elle-même, accrochés ici et là, un peu n'importe comment, des fusains représentant des femmes nues, des têtes de statues aux yeux vides. Elle a appris à dessiner aux Beaux-Arts, dit-elle. Une école où l'on ne fait que dessiner et peindre. C'est là que, pendant la guerre, elle avait rencontré l'Allemand. Il était venu assister à des cours. Ce sont là des choses qu'elle dit, parfois. Tu les entends.

Contre une des fenêtres, il y a une longue table où elle met son matériel de peinture, des tubes de gouache de toutes les couleurs, des crayons, des fusains, du papier. Elle y travaille quelquefois ; pas tous les jours. Elle fait des illustrations pour des livres de contes destinés aux enfants. Mais elle n'en vend pas beaucoup, pas souvent. Il arrive encore qu'elle travaille dans une librairie du quartier comme vendeuse quand vous n'avez plus d'argent.

Il y a aussi, dans la grande pièce et dans la chambre, des étagères avec ses livres ; des quantités de livres ; elle te dit que tu les liras un jour. Mais, quelquefois, elle en ouvre un, comme ça, et elle t'en lit un passage ; quand elle lit, elle prend une drôle de voix. Tu n'es pas sûre d'aimer qu'elle te fasse ces lectures-là, surtout quand il s'agit de ceux qu'elle appelle ses poètes, *son Verlaine*, *son Baudelaire*, comme elle dit. Quelquefois elle pleure en lisant, ce qui t'étonne beaucoup, te contrarie, te fâche.

Il arrive enfin qu'elle exhume de son étui brun, pendu au mur, fermé par de gros boutons pression qu'elle ouvre lentement avec un bruit spécial, le violon dont elle avait appris à jouer enfant. Autrefois, avenue de Suffren, chez ses parents. Mais, peut-être a-t-elle tout oublié – elle a eu tant à faire depuis, dit-elle, la musique qu'elle tire de son instrument ne te plaît pas du tout, à toi. Ni l'expression de son visage. Il faut que je m'y remette, dit-elle, il faut que je me remette à mon violon. En attendant, devant tes protestations, elle cède, range l'instrument dans son étui, le suspend à un gros clou.

Alors tu es contente ; tu as gagné ; contre quoi, tu ne sais pas, mais tu éprouves cela comme une victoire. Elle s'assied à côté de toi, sur le lit. C'est de toi, et de toi seule qu'elle va s'occuper. Elle te raconte une histoire ; ou bien elle te lit un de tes livres d'enfant. Tout va bien. Tout est normal. Il y aura encore des petits déjeuners au soleil, devant la fenêtre. La vie est une succession de jours tranquilles.

Mais, au mur, est aussi accroché un objet bizarre, une sorte de grand plat en métal noir : un gong, dit Fanny, rapporté d'Afrique par son frère aîné, l'oncle Charles, qui est mort là-bas, tout jeune ; elle l'aimait beaucoup, l'oncle Charles ; elle en parle souvent. Elle dit, d'un ton spécial, *ton oncle Charles* ; elle raconte ce qu'il disait, ce qu'il faisait quand ils étaient enfants, avenue de Suffren, où tout était triste sauf lui. Elle parle de leurs jeux, de leur chambre d'autrefois. Elle parle du moment où il est parti, la première fois, pour une école militaire en province, la laissant seule avec les D… Elle te raconte qu'elle est devenue alors tellement insupportable qu'il a fallu la mettre en pension. Elle parle du départ de Charles, plus tard, pour l'Afrique. Des lettres qu'il lui écrivait de là-bas. De ce qu'il racontait de sa vie. De ce qu'il voyait. Elle parle du gong qu'il avait acheté. Pour elle. Cet objet-là. Un gong, explique Fanny, c'est fait pour appeler les gens, là-bas, en Afrique, à travers la forêt ou dans les palais des rois noirs. Alors tu regardes le gong, et tu rêves.

C'est le gong de Charles, de Charles le mort. C'est sacré. Toi, tu n'as pas le droit d'y toucher. Quand Fanny frappe dessus, doucement, avec un marteau, on entend un long appel, profond comme le son des cloches de Saint-Paul, mais plus grave, plus triste; c'est beau, mais ça fait un peu peur. Pour toi, c'est la voix du pays des morts. Le pays où est aussi l'Allemand. Mais cette pensée, pour quelle obscure raison? tu la gardes pour toi.

Oui, de son enfance, Fanny parle parfois, et de beaucoup d'autres choses. De l'appartement de l'avenue de Suffren. Des meubles anglais et du carillon Westminster que tu connais toi aussi, à présent, et qui l'énervait si fort quand elle avait quinze ans, dit-elle. De ses jupes plissées bleu marine de pensionnaire. Des chemisiers en vichy à petits carreaux bleus et blancs. Des gants blancs boutonnés par une pression. De la messe du dimanche avec ses parents, sa mère enchapeautée. Des déjeuners du dimanche à la maison. Elle te parle de ce cérémonial. Du crissement des couteaux dans les assiettes. Elle te parle du silence.

Tu es encore bien petite quand elle t'explique que sa mère ne l'embrassait pas, trouvait les démonstrations de tendresse *vulgaires*. Qu'elle n'avait jamais vu Maud et Henri s'embrasser sur la bouche, comme tu sais qu'on le fait quand on est amoureux, pour l'avoir vu dans les films.

Elle te parle de cette façon qu'ils avaient parfois de parler anglais entre eux pour que les enfants, elle et Charles, ne comprennent pas. De se disputer en anglais. De se détester en anglais. Maud enseignait l'anglais avant son mariage : au moins ça lui aura servi, dit Fanny.

Elle parle aussi de l'argent. De celui qu'on a ou qu'on n'a pas. Des riches, des pauvres. De ceux qu'elle appelle les *bourgeois*. Elle te parle, Fanny, du juste et de l'injuste. Elle te parle même de Dieu, *celui qui n'est pas dans les églises*, où de toute façon vous n'allez pas. Et tu l'écoutes, tu l'admires, elle sait tout. C'est ta mère. C'est Fanny.

Mais parfois elle s'emporte un peu, elle en dit trop, trop fort, et tu cesses d'entendre, tu t'écartes insensiblement, tu t'en vas. Alors le discours de Fanny s'épuise de lui-même, s'arrête sans doute : il ne se passe rien ; tu ne te souviens de rien de particulier, de rien de fâcheux.

De tout ce temps, si facile, du commencement de votre vie rue Saint-Antoine, de toutes ces années de début, non, rien qui te semble inquiétant ; rien dans le comportement de Fanny qui t'ait vraiment effrayée ; rien dont tu aies du moins gardé le souvenir. Tu es une petite fille heureuse.

Une chose pourtant te revient, relative à cette période-là. Une toute petite anecdote. Mais l'image t'est restée.

Quand vous sortez ensemble pour faire le marché, vous promener au jardin des Tuileries, quand vous allez au cinéma – vous allez beaucoup au cinéma quand tu as cinq ou six ans, et pas seulement pour voir *Pinocchio* –, elle traverse les rues à la diable, en diagonale, même en pleine circulation, sans jamais prendre les passages pour piétons, les passages cloutés d'alors, comme tu le vois faire aux autres gens. Elle, Fanny, ta mère, indifférente au danger, insensible au klaxon des automobilistes, passe superbement au milieu des voitures. Et les voitures s'arrêtent. Toi, accrochée à sa manche, tu as très peur ; tu lui fais remarquer que les autres ne font pas comme ça, que c'est dangereux. Elle rit, elle te dit que tu es une froussarde, et elle continue à traverser comme elle aime. Et c'est vrai, c'est magique comme les voitures stoppent devant elle, magnifique, qui passe, et tu n'es pas sans éprouver pour celle qui arrête les flots une espèce d'admiration.

Mais, un jour que vous filez ainsi, en plein trafic, que vous coupez de biais la rue de Rivoli devant les guichets du Louvre, elle impériale, toi terrorisée, un chauffeur, obligé de freiner brutalement, baisse sa vitre et lui crie d'une voix mauvaise, méchante, dont tu entends encore l'âpreté :

« Vous êtes pas un peu cinglée de traverser comme ça ? Et avec un enfant encore ? »

Fanny hausse les épaules et poursuit, la tête haute, sans un mot de réponse, en serrant très fort ta main dans la sienne. Mais, tandis qu'elle t'entraîne, tu rumines en silence le mot entendu dont tu ignores le sens mais qui t'a giflée : *cinglée*, il a dit. Il y a là quelque chose dont tu perçois confusément le caractère redoutable ; quelque chose qui atteint le prestige de ta mère et te fait mal.

Ce qui pourrait aussi t'inquiéter, ce sont les visites avenue de Suffren; ce que tu vois, ce que tu entends chez les D… : tout est si différent, là-bas, de ce qui se passe sur votre île de la rue Saint-Antoine.

Avenue de Suffren, on entre dans un autre monde, un monde étranger, secrètement hostile. Un monde où l'on ne respire pas tout à fait de la même façon. Un monde où l'on ne respire pas du tout.

C'est grand et glacé chez les D…, comme le parquet ciré sur lequel tu dérapes toujours un peu; c'est plein de recoins, d'angles, de portes, d'ombres, de courants d'air; il fait froid chez les D…, même en été. Dans cet appartement-là, et sans Fanny, loin d'elle, tu te sens perdue, tu t'ennuies, tu t'ennuies affreusement, tu t'ennuies à en avoir mal au ventre. C'est pourtant elle qui t'oblige à aller là-bas. Elle répète que Maud et Henri sont tes grands-parents; ta famille; que tu dois les aimer. Mais elle, tu sais qu'elle ne les aime pas.

Quand tu es invitée, le dimanche, c'est tante Élisa qui vient te chercher, puisqu'ils ne veulent pas se rencontrer, Fanny et ses parents, même pas se croiser. Et, le soir, elle te ramène en métro à Saint-Paul. Tu adores prendre le métro, surtout au retour.

Élisa habite chez sa sœur et son beau-frère depuis qu'elle a pris sa retraite d'institutrice. Peut-être qu'elle s'ennuyait toute seule, dit Fanny. Peut-être aussi que Maud avait besoin d'elle. Fanny t'a expliqué la vie d'Élisa, Élisa qu'elle aime tant, même si elle se moque un peu d'elle parfois avec toi, rit de son accoutrement, de sa coiffure, de cette manière bien à elle d'enrouler ses cheveux gris sous un filet en une espèce de maigre chignon derrière la tête. Élisa si douce, si effacée, Élisa qui n'élève jamais le ton. Élisa si différente de Maud, sa sœur. On ne dirait pas, dit Fanny, qu'elles ont été élevées ensemble, qu'elles ont grandi ensemble chez de petits commerçants de la rue de Belleville.

Elle te parle, un jour, de ces grands-parents qu'elle aimait, qu'elle a un peu connus, de la merveilleuse boutique ombreuse aux parfums mêlés où on vendait de tout, de la peinture et du savon, des balais et des pinceaux, de petits jouets et des pétards. Les « marchands de couleurs » avaient fait faire des études à leurs filles : Élisa était devenue institutrice, Maud professeur d'anglais. L'une était restée célibataire ; l'autre avait épousé un jeune ingénieur venu du Midi, Henri, et n'avait plus travaillé, pour *se consacrer à ses enfants*, dit Fanny en riant de son petit rire méchant.

Ils t'intimident, tes grands-parents à toi, ces grands-parents élégants qui se font bizarrement appeler « Tante Maud », « Oncle Henri » – ce qui amuse beaucoup Fanny quand tu le lui apprends. Ils te glacent, ces faux grands-parents. Tu trouves étranges leur langage et leurs manières. La voix haute et froide de

Maud t'étonne ; elle a des aigus qui te font sursauter. Tu n'aimes pas son rire nerveux, ses exclamations soudaines, sa manière d'appeler son mari à travers l'appartement. Tu n'aimes pas son maquillage, ses boucles d'oreilles, ses bagues auxquelles tes cheveux frisés se prennent. Et lui, Henri, avec son silence, sa pipe, son regard bleu indifférent, il te fait un peu peur. C'est elle qui parle ; lui se tait, mais son silence est presque plus impressionnant.

Ils voudraient être gentils avec toi ; ils te font des cadeaux ; te prennent sur leurs genoux ; t'embrassent. Mais tu restes raide comme un piquet dans l'attente que ça finisse. Chez eux, tu n'es pas du tout à ton aise. Tu ne sais où te poser. Tu n'as rien à dire. Et le temps, là-bas, scandé par le carillon anglais, dure interminablement.

L'après-midi, pour t'occuper, on sort pour toi de vieux jouets. Des jouets morts. Des jouets de morts. Tu ne fais plus aucun bruit. Toi aussi tu es un peu morte. Ces jours-là, les jours de visite, tu as très vite envie de rentrer à la maison. Terriblement. À hurler.

Quand le soir, enfin, vous revenez à Saint-Paul, tante Élisa et toi, en métro, le beau métro aérien qui enjambe les rues dans la nuit, le cœur te bondit de joie : tu vas retrouver le petit appartement, le rire de Fanny, sa gaîté, ses drôles d'idées, la vraie vie.

Elle dit que les D... sont des *bourgeois*, et que c'est pour ça qu'on s'ennuie chez eux. C'est quoi être bourgeois ? *C'est avoir de l'argent*, dit Fanny.

Mais il y a autre chose. Tu sens qu'il y a autre chose. Quelque chose qui pèse, qu'on ne dit pas, mais qui est là.

Ainsi, de ta mère, de Fanny, là-bas, on ne parle pas. Jamais. C'est comme si, d'elle, on ne savait rien. Comme si elle n'existait pas.

Tu comprends vite qu'on ne doit pas même prononcer son nom. Qu'il ne faut pas. Que ce n'est pas possible, ce nom-là, de le prononcer. Alors, toi-même tu apprends à surveiller ce que tu dis.

Tu te rappelles la scène, un jour où tu avais étourdiment mentionné Fanny, parlé d'une promenade faite avec elle : tu vois encore la manière dont Maud, soudain silencieuse, avait approché un mouchoir de son nez en détournant la tête, fermant les yeux comme prise de malaise, tandis qu'Henri, lui, se contentait de tousser avec gêne derrière sa main.

Tante Élisa, ensuite, quand vous aviez été seules, avait tenté de t'expliquer les choses.

« Tu comprends, ma chérie, Maud est si sensible… Parler de ta maman lui fait de la peine. Elle l'aimait tant ! »

Devant l'évidence du mystère, tu n'as pas recommencé. Tu sais seulement que, dans cet appartement, Fanny ne doit plus pénétrer, pas même sous la forme légère de son nom.

Une fois, tu as entendu Maud murmurer à une amie qui était là en visite, sa grande amie de lycée, Gabrielle, la seule à laquelle elle *dit tout*, d'après Élisa – tu jouais dans un coin pendant que les dames prenaient le thé :

« Elle nous a fait trop de mal. Pour nous, maintenant, c'est comme si elle était morte. »

Elle a dit aussi :

« Des deux enfants que Dieu nous avait donnés, il nous a pris l'un, mon petit Charles ; il nous a ôté l'autre. »

On s'exprime bizarrement, avenue de Suffren.

Alors tu sais sans comprendre. Tu comprends sans savoir.

Et puis il y a eu cet autre jour, où, devant toi, sans y prendre garde, on a mentionné l'Allemand.

Tant de choses comme cela que tu ignores. Que tu devines vaguement. Des choses qui sont là. Qui te frôlent, cachées dans l'ombre, mais si denses que tu en éprouves la secrète présence, comme une menace.

De la guerre, cette guerre que tu n'as pas connue, qui venait de se terminer quand tu es née, longtemps tu ne sais rien. Rigoureusement rien.

Tu as cinq ans. On est en 1950. La guerre, pour toi, c'est juste un mot que tu entends souvent, un mot qui a l'air de cacher des choses terribles, mais qui te sont obscures. Il survient chez Henri et Maud ; tu le surprends dans la rue, chez les commerçants. De la guerre, Fanny, si prolixe sur d'autres sujets, ne parle jamais.

Pourtant, un jour, parce que tu veux savoir, parce que tu lui poses des questions, elle te donne quelques explications. À sa manière. Elle te dit que les Allemands avaient envahi la France, ma chérie, que ç'avait été terrible, qu'il y avait eu beaucoup de morts, et chez nous et chez eux ; qu'à cause de la guerre c'était interdit d'avoir un amoureux allemand, ces années-là ; que, si ça arrivait, cette chose-là, les gens vous détestaient ; vous punissaient. Qu'elle l'avait fait quand même. Elle te raconte que, lorsque Maud et Henri l'avaient

39

appris, que leur fille chérie aimait un Allemand, il y avait eu une scène effroyable. Qu'ils l'avaient enfermée. Elle rit. Qu'elle s'était sauvée. Qu'elle l'avait retrouvé, lui, cet homme-là. Celui qui serait ton père. Que c'est pour ça que ses parents sont fâchés avec elle, même si, maintenant, il est mort. Même si maintenant la guerre est finie.

Elle n'en dit pas davantage. Elle cesse de raconter. Et à toi aussi cela suffit. Pour le moment.

Étrangeté de vivre entre ces deux appartements, ces deux univers, dans le silence et l'hostilité qui les séparent l'un de l'autre. Dans le pressentiment de mystères, de choses secrètes.

Tu attends. Tu grandis. Un jour tu sauras, sans doute. Mais pour le moment tu n'en demandes pas tant : tu prends ce qu'on te donne, l'incroyable légèreté de la vie auprès de Fanny.

Oui, vous êtes heureuses toutes les deux, ta mère et toi ; heureuses d'un bonheur lumineux, singulier, bien à vous.

Un bonheur si naturel qu'on ne penserait pas qu'il puisse s'arrêter.

Pourtant, tu sens déjà, quelque part, comme une ombre. Tu as le vague sentiment que quelque chose peut arriver : une idée comme ça, une inquiétude indéfinie. Un peu comme la crainte qu'on a pour des bulles de savon, ces bulles merveilleuses, toutes dorées, que Fanny t'a appris à faire devant la fenêtre : tu sais qu'elles peuvent éclater l'instant d'après et ne rien laisser, que le souvenir d'un rêve.

Avec Fanny, dans la présence de Fanny, il y a quelque chose d'aussi mystérieux, d'aussi merveilleux, d'aussi instable que dans les bulles de savon.

C'est qu'il y a, déjà, des moments qui font un peu peur.

Par exemple quand elle pleure, parfois, sans faire de bruit, longtemps. *Dis, Maman, qu'est-ce que tu as?* Ou bien quand, le matin, il arrive qu'elle ne veuille pas se lever, *trop fatiguée, ma chérie, laisse-moi.* Alors tu n'insistes pas; tu cesses de piétiner d'impatience devant le lit; tu t'en vas; tu vas jouer seule, un peu plus loin. Et on dirait que le temps s'arrête. La vie. C'est là, quelque part, ce danger. Là, tout près.

Mais de ces éclipses, tu ne gardes qu'un souvenir confus.

Mon père, mort comment ? Où ? Quand ? Tu as peut-être six ans quand tu poses la question, mue par on ne sait quelle soudaine curiosité.

Et, chez celle qui te fait face, que tu regardes intensément, tu vois cette ombre dans les yeux clairs, ce glissement de pensées, de paroles non dites, cette hésitation avant qu'elle ne réponde, très vite, sèchement, sans émotion :

« À la fin de la guerre. Mort de froid. En Russie, où on les envoyait tous, surtout quand ils étaient jeunes. »

C'est tout. C'est tout ce qu'elle a dit. La Russie, pour toi, perdue dans une géographie indistincte de la mort et des lointains.

Tu n'insistes pas. Tu sens qu'il ne faut pas insister. Qu'on ne te dira rien d'autre.

Peut-être perçois-tu aussi une bizarre dérobade.

De toute façon le sort de l'Allemand ne t'intéresse pas encore vraiment.

Tu oublies.

Tu vas d'ailleurs bientôt avoir d'autres préoccupations, plus urgentes.

Les choses vont en effet changer, rue Saint-Antoine. Tout à coup. Tu dois avoir alors presque sept ans, puisque tu vas à l'école pour la deuxième année : tu es presque grande.

Depuis quelques jours, tu trouves que Fanny est bizarre, qu'elle parle beaucoup, beaucoup trop, beaucoup trop haut. Tu as aussi remarqué qu'elle dort mal : elle se lève la nuit, allume la lumière, marche à travers vos deux pièces, range interminablement des papiers ; une fois, tu l'entends même chantonner, murmurer des choses que tu ne comprends pas. Mais tu te rendors et, le lendemain, tu n'y penses plus.

Pourtant, une nuit, tu es réveillée par un grand bruit d'eau venant de la cuisine : celui du robinet de l'évier coulant à flots dans un récipient métallique. On n'entend que cela dans le silence de l'immeuble endormi. Tu te lèves dans le noir ; de la lumière filtre sous la porte : c'est allumé dans la pièce voisine. Tu trouves Fanny debout devant l'évier, en peignoir, occupée à laver du linge dans une bassine de zinc. Si absorbée qu'elle ne t'a pas même vue entrer. L'eau fait un tel bruit – elle la laisse couler et déborder comme à plaisir – qu'elle ne t'a pas non plus entendue. D'ailleurs elle chantait à mi-voix. Quand elle s'aperçoit de ta présence, elle sursaute et s'arrête net. Elle te regarde bizarrement, immobile ; toi, étonnée, tu ne bouges pas non plus, tu restes là, dans l'encadrement de la porte. Alors, elle t'ordonne durement d'aller te coucher, elle qui ne te parle jamais comme ça. Elle a une voix toute changée, une voix inconnue, rogue, masculine, une voix qui semble sortir d'une autre personne. Tu as peur. Tu files, tu vas vite te remettre dans ton lit. Et alors, là, de l'abri des couvertures, tu l'entends qui se remet à chanter, mais très fort cette fois, de cette voix terrible, de cette voix étrangère, inconnue. Elle enchaîne une chanson après l'autre, sans s'arrêter, comme une mécanique. Tu les connais toutes, ces chansons, elles te sont familières : ce sont celles que vous entendez à la radio, *Les Feuilles mortes*, par exemple, ou les chansons d'Édith Piaf qu'elle aime tant ; mais elle les chante *autrement*, et elles deviennent effrayantes. Comme ces comptines d'enfant, qu'elle intercale dans son récital et qui sont rendues terribles par la violence qu'elle leur donne, la manière dont elle articule certains mots, qui prennent alors un autre sens, nouveau, menaçant, bizarre, terrible : *Loup y es-tu ? Entends-tu ?*

Tu as peur. Tu as peur des mots. Peur de cette voix. Peur du mystère. Peur de l'ailleurs qui est là. En Fanny. Autour d'elle.

Ce qui est surtout impressionnant, c'est cette façon d'enchaîner un air après l'autre, sans désemparer, comme une machine que rien ne pourrait épuiser, une machine emballée, une machine folle.

Longtemps tu écoutes, comme paralysée. Et puis tu finis par t'endormir, dans le bruit de l'eau folle qui n'a pas cessé de couler, mêlé bizarrement aux chants inquiétants.

Mais c'est au matin que ça commence vraiment.

Elle est déjà debout quand tu te réveilles ; ou plutôt, tu comprends vite qu'elle ne s'est pas couchée. Il y a une pleine bassine de linge à demi essoré dans l'évier. Des draps tendus sur une corde d'un mur à l'autre dégoulinent sur le carrelage. Et elle, elle est là, hagarde, très pâle, d'une pâleur effrayante, avec ses cheveux en désordre, ses mains vides un peu tremblantes qui ont l'air de ne savoir que faire, pendant le long de son peignoir ouvert. Tu t'aperçois qu'en dessous elle est toute nue. Quand elle te voit, elle te crie quelque chose que tu ne comprends pas, que tu ne peux pas comprendre, tellement tu es étonnée par la dureté de son regard, la méchanceté du pli de sa bouche. Elle crie encore, et tu ne réagis pas. Alors on entend la radio des voisins, au-dessus, qui ont brusquement monté le son. Elle se fâche. Elle crie plus fort. C'est à toi qu'elle parle ? Aux voisins ? Tu ne sais pas. Tu n'entends pas. Tu ne veux pas entendre.

C'est à ce moment qu'elle s'empare d'un marteau qui traînait là, sur la commode – hier encore elle voulait accrocher une nouvelle gravure – et elle a l'air si étrange, si menaçante, que tu crois un instant qu'elle va te frapper : mais non, voilà qu'elle se met à taper sur le gong, le gong de l'oncle Charles, le gong du mort, très fort, de toutes ses forces, tout en hurlant des choses qu'on saisit mal à cause de l'énorme bruit produit, un bruit terrible, qui résonne et vibre si fort qu'on croirait que le mur va s'écrouler. À travers le vacarme tu perçois des bribes de phrases : qu'elle en a assez, qu'il faut que ça cesse, *ce cirque, ce mensonge*, et tu entends aussi qu'elle dit des gros mots en martelant le gong de coups. Elle qui ne dit jamais de gros mots ; qui t'interdit d'en dire. Et puis elle crie cette chose terrible, cette chose inimaginable, qu'elle va *appeler son mari*.

La radio des voisins s'est tue. Mais ce sont eux à présent qui envoient de grands coups au plafond ; crient on ne sait quoi. Alors Fanny court à la fenêtre, l'ouvre toute grande, ouvre aussi tout grand son peignoir, et, penchée au-dehors, la poitrine nue, crie plus fort, hurle des choses que tu ne comprends pas. Et c'est si incroyable d'entendre les bruits du matin, la rumeur des voitures et des gens du matin, la rumeur de la vie normale, et, mêlés à ce quotidien, les hurlements de Fanny. Cette fois, les voisins sont descendus ; voilà qu'ils frappent à coups de poing dans la porte. Crient qu'on doit ouvrir. Tout de suite. Ébranlent la porte. Fanny n'entend pas, continue à vociférer du haut de sa fenêtre.

Ouvrez, crient les voisins. Toi, tu les entends bien, mais, évidemment, tu n'ouvriras pas. Tu t'es assise tremblante sur le bord du lit, tandis que Fanny continue à haranguer la rue. Fanny nue fait un discours à la fenêtre. Tout le monde la voit, l'entend. Les voisins vont casser la porte. Pour toi, le monde se fracasse.

Et puis le miracle se produit : elle s'arrête ; il y a un grand silence ; et elle se met à chanter, tout doucement, si doucement qu'on ne perçoit pas les paroles. Seule sa figure fait peur.

Les voisins cessent de taper à la porte. Ils disent encore quelque chose d'inaudible, ou bien quelque chose dont tu ne saisis pas le sens ; enfin on les entend remonter chez eux. Fanny referme la fenêtre, se retourne vers toi, les yeux brillants.

Elle te dit seulement *qu'elle a gagné, ma chérie. Qu'elle est fatiguée maintenant.*

Ce matin, tu n'iras pas à l'école. Ce n'est plus l'heure de toute façon. Ce n'est plus aucune heure pour toi. Elle, au bout d'un moment, s'est allongée sur son lit, toujours chantonnant. On croirait qu'elle ne te voit pas, que pour elle tu n'existes plus. Elle ferme les yeux. Elle s'endort. À présent, elle n'a plus l'air méchant du tout. On dirait seulement une petite fille fatiguée.

Tu ne bouges plus. Tu es tellement bouleversée que tu as à peine le sentiment d'être là. Tu trembles simplement. Tu n'es plus que ce tremblement.

Maintenant quelqu'un frappe avec douceur à la porte. Quelqu'un qui dit son nom. C'est, inexplicablement, le médecin, celui qui vient quelquefois à la maison, ce vieux monsieur que tu connais bien, le docteur Attal. Tu lui ouvres la porte. Il te dit de ne pas t'inquiéter, qu'il va faire une piqûre à ta mère pour qu'elle continue à dormir. Que ta tante va venir t'aider.

T'aider ? Tu ne comprends rien. Tout est comme une espèce de rêve, un vilain rêve, confus, pressé, mal fait.

Tu restes longtemps à côté de Fanny endormie. La maison est bizarrement tranquille. Tu penses que tu devrais être à l'école et que tout est fou. Et puis tante Élisa arrive, avec son air de bonne sœur, comme dit Fanny. Tu ne trouves pas, ma chérie, que notre Élisa a l'air d'une bonne sœur ? Et c'est vrai qu'elle évoque une religieuse avec sa douceur et ses vêtements gris, sa discrétion et son drôle de chignon. Voilà qu'elle pleure, tante Élisa, et t'embrasse, te dit que tout va s'arranger. Tu ne sais pas trop ce qu'elle veut dire par là. Tu voudrais aller à l'école. Tu penses obstinément à l'école.

La présence de la tante te rassure d'une certaine façon, mais, de l'autre, te dérange, t'inquiète. Tu ne sais pas ce qui va se passer. Tu préférais le silence, le vide. Tu es dans l'incohérence.

« On va s'organiser, dit Élisa, qui s'agite dans vos deux pièces, ouvre les placards, range la vaisselle, le linge. On va soigner ta maman. Il faut qu'elle dorme, vois-tu, et longtemps. Elle est fatiguée ; elle a des soucis. Depuis quelque temps, tu ne t'en es pas aperçue, elle était surmenée, elle ne dormait pas. Si ça ne va pas mieux, elle ira à l'hôpital. En attendant, je viendrai tous les jours, ne t'inquiète pas… »

Hôpital. Le mot t'effraie; tu le remues à part toi, le dissèques, lui donnes toutes les représentations possibles. Assise maintenant sur le bord de ton lit à toi – celui de Fanny te fait peur, tu ne t'approches plus de la gisante qui repose dans le lit voisin, ensevelie sous les draps jusqu'au menton. Tu regardes distraitement tante Élisa s'affairer.

On t'explique ce qui va se passer dans l'immédiat : elle viendra chaque matin, elle s'occupera de Fanny, de la maison; de toi quand tu rentreras de l'école, de ton dîner; ensuite elle retournera dormir chez Maud : ici il n'y a pas la place.

Tu es tellement sidérée que tu ne dis rien. Il n'y a, au reste, rien à dire.

Jamais tu n'as eu à ce point envie d'aller à l'école.

L'école, la petite école familière de la rue Saint-Paul, tu y retournes dès le lendemain matin, à peine Élisa arrivée, que tu as attendue dans la fièvre. Dans une folie d'impatience.

Là-bas, à ta surprise, quand tu arrives enfin dans la cour où les enfants jouent avant la sonnerie, on accourt, on t'entoure, on te pose des questions, on veut des détails. C'est que l'histoire du gong, dans ton école de quartier, a tout de suite été connue : une des filles de la classe, Colette Baudrot aux nattes maigres, habite au premier étage de votre immeuble et, naturellement, elle a raconté aux autres ce qui s'est passé, le vacarme, Fanny nue à la fenêtre, enfin tout. Pour une fois qu'il arrivait quelque chose d'intéressant. Les filles ont beaucoup ri. Elles disent que ta mère est folle.

Folle. Le mot, tu le connais. Mais c'est la première fois que tu en saisis le sens ; et, bien sûr, la première fois que tu l'entends appliquer à ta mère. Tu remues cette nouvelle incroyable dans ta tête : ta mère est folle.

La maîtresse aussi a eu vent de l'histoire. Pendant le cours, elle te regarde d'un air soucieux. À la fin de la matinée, elle te fait venir près d'elle ; elle te pose des questions d'une voix douce ; elle a mis une main sur ton épaule. Tu n'aimes pas ça ; tu détestes le regard qu'elle pose sur toi, insistant, comme gluant. Tu voudrais t'en aller. Tu penses confusément que la maîtresse, elle, n'est pas folle, mais qu'elle est laide ; et tu découvres la beauté de ta mère. Ta mère est folle et terrible, mais elle est belle. Tu sens tout cela obscurément, et tes poings se serrent.

Les filles ne sont pas méchantes. Elles t'aiment bien, parce que, comme elles disent, tu es « rigolote » ; et puis tu travailles bien et ça te donne un certain prestige. Alors le petit scandale de ta mère ne change rien ici à ta vie. Du moins apparemment. À la récréation, tu joues avec les autres aux gendarmes et aux voleurs en poussant de grands cris à travers la cour, comme si tout allait bien, comme si rien ne s'était passé, comme si rien ne se passait – car, à la maison, les choses folles continuent, tu le sais bien, et elles vont peut-être continuer longtemps, toujours ? Tu sens qu'il faut faire semblant de s'amuser pour être comme les autres. Pour avoir l'air normale.

Il y a dans la cour un arbre triste qui se dresse tout seul au milieu de la cour. Il devient ton arbre, ton arbre à toi. En passant, tu effleures son écorce de la main.

Le matin, maintenant, quand tu pars pour l'école, tu te prépares seule et tu t'en vas un peu bizarrement habillée : par exemple tu portes des chaussettes dépareillées, une bleue et une rouge. Ce qui amuse bien les filles : elles disent que tu es folle comme ta mère. Tu ris avec elles.

Comment va ta mère ? demande la concierge, Madame Bescond, qui a toujours un œil fermé, quand tu passes devant la loge ; elle t'offre un bonbon avec le même sourire que la maîtresse.

Fanny a continué à dormir les jours suivants. Le docteur Attal lui a donné des médicaments divers. Au moins trois. Le soir, en rentrant de l'école où tu restes déjeuner à midi, tu la trouves endormie. C'est fou, maintenant, ce que la maison est calme. La tante glisse ici et là, furtive comme une souris. Fanny a raison, elle a vraiment l'air d'une bonne sœur, mais tu es contente qu'elle soit là. Elle semble épuisée : c'est que, le matin, elle traverse Paris en métro pour venir, et, le soir, elle ne repart que quand tu es couchée.

Tu restes seule avec Fanny endormie. Alors, tu ne peux t'empêcher de te relever, d'allumer une lampe, de t'approcher du lit, de la regarder. Tu as un peu peur, mais l'étrangeté de ce qui se passe te fascine.

Elle dort, les yeux clos, mais avec de temps en temps quelque chose qui tressaille sous la paupière, quelque chose de vivant, d'animal, qui paraît échapper à sa propre personne. Tu penses que c'est sa folie et tu regardes de tous tes yeux. Elle dort la bouche entrouverte, et on entend le bruit léger de sa respiration, un bruit irrégulier, fragile, dont on pense qu'il pourrait s'arrêter. Elle dort, profondément immobile ; même ses mains sont immobiles, qui reposent sur le drap, de chaque côté du corps. Rien dans sa chair, sa peau, le tissu lisse de ses épaules, de son visage ne bouge – hors le petit tressautement, infime, de sa paupière –, rien n'est vivant : on a le sentiment que ce qui est là, ce n'est pas elle, juste une enveloppe vide. Que la vraie Fanny est partie.

Tu penses que la mort, ce doit être quelque chose comme ça, une absence, un voyage ailleurs de la personne qui laisse seulement là un corps vide. Ici, juste le petit grain mobile de la folie dans un corps vide.

Tu pourrais, en étendant la main, toucher cette peau, en éprouver le contact peut-être singulier, mais tu n'oses pas. Ce corps étendu t'effraie, te dégoûte un peu. Oui, c'est une espèce de répulsion que tu éprouves devant celle qui dort, qui n'est plus tout à fait Fanny.

Il arrive, à ton effroi, qu'elle parle dans son sommeil, qu'elle prononce à mi-voix des mots privés de sens pour toi, des mots entrecoupés, des mots infirmes, informes. Des mots chargés de mystère, tu le sens bien. Et tu as peur de cette bouche ouverte sur l'ombre.

En rentrant de l'école, le troisième jour, tu trouves la chambre vide ; le lit vide. Les rideaux des fenêtres laissent entrer largement la lumière.

Tante Élisa surgit du coin de la pièce où elle préparait une valise. Elle t'explique que tu vas partir avec elle chez Maud ; que ta mère est maintenant dans une maison de repos ; qu'elle va vite se rétablir ; qu'en attendant vous serez tellement bien tous ensemble, toi et tes grands-parents, et elle, dans l'appartement de l'avenue de Suffren.

Hurlements. Tu ne veux pas. Tu protestes de toutes tes forces. Tu veux rester à la maison. On te dit que ce n'est pas possible. Tu veux rester à ton école. Tu t'affoles à l'idée de manquer l'école. On te dit que ça n'a pas d'importance, que la maîtresse est au courant. Et puis tante Élisa n'est-elle pas elle-même institutrice ?

Hurlements. Alors elle te dit de te taire, que tu as l'air d'une folle, cependant qu'elle boucle énergiquement la valise.

Rendue soudain muette, tu la regardes faire dans le désespoir. Et elle, là-bas, elle, que va-t-il lui arriver ? Une incroyable vague d'amour t'envahit. Une vague d'amour fou, comme on dit.

Avenue de Suffren, quand tu arrives avec Élisa et ta valise, quand vous sonnez là-haut, au sixième étage, au sortir du vieil ascenseur dont se souvenait Fanny, et qu'elle appelait *l'antiquité* (« Comment va l'antiquité ? », demandait-elle quand tu revenais de là-bas, avec ce petit rire qu'elle avait à propos de tant de choses et qui te semble si loin à présent), là aussi on te fait fête : exclamations, baisers, on te conduit au salon où un goûter est préparé. Malheureusement tu n'as pas faim. Pas faim du tout. Désolation de Maud, qui s'est faite belle pour l'occasion : cheveux oxygénés, broche dorée, maquillage soigné ; Henri en pull-over rouge, pipe à la main, gentleman débonnaire et muet.

Élisa s'empresse, petite fourmi timide entre les grands insectes : on murmure, les deux femmes échangent quelques mots en anglais. Gestes feutrés. On ne parle pas de certaines choses devant l'enfant.

Mais l'enfant, de toute façon, elle est ailleurs.

Assise dans un grand fauteuil à oreillettes, tu regardes autour de toi sans vraiment voir. Tu connais l'appartement de tes grands-parents, ombreux, solennel ; ses meubles bizarres aux jambes torses, ses pendules dorées qui sonnent dans le silence, ses innombrables bibelots, ses portes vitrées et ses miroirs pleins de reflets. Ses fenêtres masquées de rideaux qui ne laissent presque rien voir de l'extérieur; fenêtres qu'on n'ouvre pas parce que Maud est toujours enrhumée ou craint de l'être. Ici l'air sent l'encaustique et le renfermé, une odeur qui te fait toujours un peu froncer le nez quand tu entres. Drôle d'odeur, odeur d'ennui, de tristesse. Odeur qui donne mal au ventre. L'odeur des dimanches.

De Fanny, comme d'habitude, on ne parlera pas. On ne dira rien. Pas un mot. Même aujourd'hui. Comme si rien ne s'était passé.

Tu ne dis rien, toi non plus. Pas un mot de trop. Tu sais. Mais aujourd'hui, ça t'arrange de te taire, de faire que *cela* n'existe pas. Que cela soit parti dans le *rien*.

On te montre ta chambre, qui est celle de tante Élisa, que tu partageras avec elle, tout au bout de l'appartement; pour y arriver, on prend un long couloir, étroit et sombre, qui fait un coude à mi-parcours, inquiétant, où sont pendus des vêtements que tu crains de frôler. Élisa est avec toi, qui parle, parle, t'explique, te dit comment vous allez vivre ensemble, ma chérie. Tu écoutes, passive, indifférente.

La chambre est grande, bien plus grande que la vôtre à Saint-Paul; on est en juin, mais tu trouves qu'il fait froid.

On a installé un deuxième lit pour toi, à côté de celui de la tante qui te dit qu'elle est si contente de t'avoir avec elle. T'embrasse encore. Commence à défaire ta valise, à ranger tes affaires dans l'armoire à glace où tu te vois toute petite, bizarre, pas vraie.

La fenêtre de la chambre donne sur une cour fermée par les façades intérieures des immeubles voisins : on dirait un puits. Un puits dont les parois seraient percées de centaines d'yeux. En bas des six étages, tout au fond, il y a une espèce de verrière qui t'intrigue. Et là-haut, au-delà des toits, on aperçoit le dernier étage de la tour Eiffel, son étrange petite tête d'insecte aux yeux rouges.

Tour Eiffel. Une fois, avec Fanny, vous étiez montées au dernier étage. Tu te rappelles bien ce jour d'été, la légèreté qui vous prenait d'être soudain dans le ciel, dans tout ce bleu, l'amusement de regarder en bas Paris comme un jouet. Fanny avait déchiré le journal qu'elle tenait à la main en tout petits morceaux et les avait éparpillés dans le vide en riant. Tu vois encore les papillons de papier voleter dans l'air. Un gardien s'était approché, vêtu de noir, lourd, casquetté, pas content. – Eh bien quoi ? On n'a pas le droit de s'amuser ? avait jeté Fanny. Tu entends encore son petit rire insolent, le petit rire aimé, celui d'avant, et tu as mal.

« À quoi penses-tu, ma chérie ? » demande la tante.

Le soir, quand, après le dîner pris avec Maud, Henri et Élisa, souriants, attentionnés, bavards mais toujours résolument muets sur un seul sujet, Élisa te ramène à la chambre pour te mettre au lit, la nuit est tombée. Seules les fenêtres de quelques appartements sont éclairées et brillent dans l'obscurité. Mais, au-dessus des toits, le phare de la tour Eiffel dirige au loin un faisceau lumineux, fantastique, qui tourne lentement dans le ciel, disparaît de l'autre côté du monde, reparaît, vous illumine de sa présence. La tante ferme les rideaux avant d'aller rejoindre les autres, vient t'embrasser, « ne t'en fais pas, ma chérie, tout va s'arranger ». S'en va.

Tu es seule dans le noir. Alors, après quelques instants, tu t'aperçois que le rayon magique parvient à s'infiltrer en haut de la fenêtre, au-dessus de la tringle à rideaux, et projette doucement au plafond, à intervalles réguliers, un long fantôme bleuté qui s'en va en glissant, très lentement revient, s'en va, disparaît, revient ; tu le guetteras longtemps, avec bonheur, chaque soir, avant de t'endormir. Tu sais qu'il revient toujours. Qu'il est là pour toi.

Combien de temps es-tu restée dans l'appartement de l'avenue de Suffren ? Combien de jours, ponctués par les leçons de calcul et d'orthographe de tante Élisa, à la petite table de votre chambre, les repas rituels avec les grandes personnes, les promenades au Champ-de-Mars, sous la conduite de l'un ou de l'autre ?

Souvent, désœuvrée, tu erres de ta chambre au salon, du salon à ta chambre ; tu as froid et tu t'ennuies.

Un matin, la femme de ménage, qui veut faire la chambre, te trouve postée devant la fenêtre ouverte, penchée au-dessus de la cour : tu es intriguée par cette verrière qui brille, là, tout au fond, mystérieuse. Quelle idée prend alors à cette femme de te dire :

« Faut pas vous approcher comme ça, ma petite. Surtout pas vous pencher. C'est dangereux. Un jour, une femme de l'immeuble d'en face – là, vous voyez, au sixième – est tombée, ou s'est jetée, on ne sait pas. Elle a traversé la verrière. Elle est morte sur le coup. Elle était folle, il paraît. »

Combien de temps, combien de jours ? Un mois ? Peut-être un peu moins ? Davantage ? Tu n'as pas la notion du temps, tu ne l'as plus, maintenant que tu ne vas plus à l'école et que tu ne copies plus sur ton cahier, chaque matin, la date écrite au tableau par la maîtresse.

Un beau jour, une carte de Fanny arrive pour toi : elle est guérie, elle revient à la maison, vous allez vous retrouver, ma chérie, elle a hâte de revoir sa petite fille.

Tu es devenue à ce point étrange, tu es si abrutie, peut-être, que la nouvelle ne te rend pas vraiment heureuse. Au contraire, tu en éprouves une nouvelle inquiétude.

Fanny est rentrée ; Fanny est là ; mais est-ce bien elle ? Tu as l'impression qu'elle n'est plus tout à fait la même. Sa voix, son regard te semblent différents d'autrefois. Elle parle bizarrement, avec application. Et puis, dans ses yeux, il y a quelque chose d'étranger : peut-être toutes ces choses qu'elle a vécues sans toi, l'image des gens qu'elle a rencontrés, le souvenir des paroles qu'on lui a dites, des offenses qu'on lui a faites.

Mais c'est peut-être toi, aussi, qui as changé : tu jettes sur elle, à présent, un autre regard, méfiant, circonspect, peureux. Elle, sans doute, ne s'en aperçoit pas. Elle t'embrasse, te serre dans ses bras, parle, parle, rit : et toi, au lieu de te laisser aller au bonheur de la retrouver, tu l'examines, tu guettes chacune de ses expressions, tu surveilles ses paroles. Tu sais maintenant que ça pourrait recommencer ; qu'elle pourrait redevenir folle. Alors tu attends ; tu la surveilles. Il y a entre vous une toute nouvelle distance.

Vous voilà dans l'appartement retrouvé de Saint-Paul – qui te semble si petit, à présent – et elle bavarde gaiement en vidant vos valises.

« Tu vas voir, ma chérie, dit-elle, maintenant que nous nous sommes retrouvées, comme tout ira bien ! »

Toi, immobile, debout devant elle qui s'active, tu gardes le silence. Alors elle ajoute, comme si elle devinait ta pensée :

« Tu sais, je ne ferai plus de bêtises, maintenant, c'est promis. » Et elle a, en disant ça, cette petite grimace d'autrefois, cette petite grimace enfantine qui vous rendait complices.

Mais toi, tu ne dis toujours rien. Tu restes là, muette, fausse déjà, avec tes idées sérieuses en tête et ce nouveau regard que tu as pris, ce regard de petit juge.

Elle range vos vêtements, vos brosses à dents, insouciante, heureuse. Elle ne parle pas de ce qui est arrivé, ni de ce qu'elle a fait, ni de la manière dont on l'a soignée. Non, pour le moment elle n'en dit rien. Voilà qu'elle chantonne, doucement, cette fois, gentiment, pas du tout comme *ce jour-là*… Mais tu l'écoutes avec sévérité, tu ne laisses rien passer. Qu'est-ce qu'elle fredonne ? Cet air, voyons, tu le connais, on l'entend partout à la radio, tu en sais même les paroles : c'est *Ma p'tite folie*, le dernier succès de Line Renaud. Est-ce qu'elle le fait exprès ? Elle s'interrompt, te regarde innocemment, lance :

« Tu sais quoi, ma chérie ? Ce soir, je t'emmène au cinéma. »

Et devant ton visage sérieux qui ne se déride pas :

« Eh bien, Funny-Face, tu n'es pas contente ? »

Tu sursautes. C'est vrai, elle t'appelait Funny-Face, ta mère, depuis quelque temps. Tu l'avais oublié. Parce qu'elle disait que tu as une drôle de figure, avec tes yeux ronds, ton air étonné, ta bouche sérieuse ; d'ailleurs, souvent tu en joues, de ce drôle de visage, de cette *funny face*, tu adores faire le clown.

À l'école notamment. Mais, ce soir, tu ne trouves pas ça drôle.

Elle, ça la fait rire, ce nom qu'elle t'a trouvé, ce nom qui ressemble au sien. Ce nom jumeau. « Fanny et Funny », ça sonne bien, non ? Comme si, à vous deux, vous faisiez une bande. Mais ce soir, tu n'as pas envie de faire bande avec elle.

« Mon nom, c'est Marion », dis-tu avec humeur.

C'est celui qu'on te donne à l'école, et chez Henri et Maud. Ton nom à toi. Ta mère, elle, longtemps, ne t'en donnait aucun. Tu n'existais qu'à travers elle.

Quelque chose, décidément, a changé.

Au cinéma, vous y irez beaucoup au cours de cette période. Vous voyez un peu n'importe quoi. Fanny dit qu'elle a besoin de se distraire. Toi, avant, tu adorais ça, le cinéma, surtout les films d'aventures, les westerns, avec Gregory Peck, Robert Mitchum et de belles femmes. Mais, à présent, il est rare que tu partages vraiment avec Fanny le plaisir de sortir. Cela arrive, bien sûr. Quelquefois. Au début de ces soirées en tout cas. Oui, les commencements sont toujours merveilleux. Les commencements sont encore une fête.

Vous partez toutes les deux en expédition, comme autrefois, sans vraiment connaître les programmes. Elle rit et tu ris avec elle, de tout, de rien. Vous riez pour rire. Vous sortez pour sortir. Vous voulez voir un film, c'est tout.

Vous venez de dîner devant la fenêtre. Le jour décline. Fanny range la vaisselle. Il est bientôt neuf heures : la séance du soir va commencer…

Si on sortait, Funny ? Qu'est-ce que tu en dis ? Tu entends encore sa voix, sa voix de petite fille. L'instant d'après, vous dévalez l'escalier. Vous voilà dans la rue, dans l'excitation du soir qui naît. Vous riez. Vous connaissez tous les cinémas du quartier, ceux de la Bastille, et même de la République : vous vous arrêtez à la première salle où le film vous plaît.

Quelquefois, c'est déjà commencé : vous entrez dans la salle obscure, mystérieuse, précédées du faisceau lumineux de la lampe d'une ouvreuse ; vous avancez dans l'allée, les yeux déjà rivés sur l'écran, portées par la musique du film qui occupe si fort tout l'espace, vous vous glissez entre les spectateurs silencieux, immobiles. Magie, pendant une heure et demie, de l'histoire dans laquelle vous êtes toutes les deux totalement entrées. Magie du bruit et des images, de la musique et des visages. Pour un temps vous êtes ensemble. Pareilles. Également enfantines.

C'est après, parfois, que les choses se gâtent. Vous revenez en parlant du film que vous venez de voir. Fanny, surexcitée, commente avec passion l'intrigue, les personnages, le jeu des acteurs. Elle parle fort. S'emballe. Et voilà qu'elle t'agace. Te gêne. Ou bien elle fredonne la musique du film. Trop fort à ton goût. Les spectateurs qui sortent lentement de la salle avec vous, puis des passants, dans la rue, se retournent ; et, quand tu lui suggères à voix basse de chanter moins fort, elle s'insurge, dit que tu es *une sale petite bourgeoise.*

Et toi, renfrognée, tu n'aimes pas ça du tout.

Pourtant, au fond, c'est de toi que tu as honte. Fanny, elle, reste magnifique. Mais elle te fait peur ; elle est trop grande, trop forte : tu n'es pas de taille.

C'est comme à l'église, où elle t'emmène maintenant chaque dimanche. C'est bizarre, cette piété nouvelle.

Autrefois, vous n'alliez pas à la messe. « Moi, les curés, j'en ai vu assez quand j'étais enfant, disait-elle, évoquant ses années de pension chez les sœurs. L'uniforme. Les fameuses jupes plissées bleu marine. Les prières avant les cours, après. Le salut, cet office de six heures à la chapelle. Et confesse, Funny, confesse ! »

Il arrivait pourtant, quelquefois, que Fanny entre avec toi dans une église, te montre les vitraux, te parle de Dieu, comme ça, vaguement. T'apprenne à faire le signe de croix, à t'agenouiller devant un autel. Alors tu trouvais cela plutôt amusant. Mais, à présent, c'est devenu sérieux. C'est tout autre chose. *Nous devons remercier Dieu d'être de nouveau ensemble,* dit Fanny. Elle est grave, trop grave. Trop émue. Quelque chose d'étranger est là, qui te gêne, trouble ton plaisir. Quoi ? tu ne sais pas.

La vieille église Saint-Paul, ombreuse et ronde, tout habitée d'odeurs d'encens et de mystère, envahie à la grand-messe du dimanche des tremblements majestueux de l'orgue et du chant des fidèles, tu l'aurais aimée. Mais voilà qu'il se glisse dans ce bonheur des choses suspectes, inquiétantes. Là aussi, comme au cinéma, tu as honte : de ta mère ou de toi, tu ne sais pas encore, mais tu as honte.

Elle chante avec les autres. Fort. Bien plus fort : on n'entend qu'elle, et tu meurs de honte de ce chant qui se distingue, de ce chant hors norme, qui vous sépare, qui vous isole. Les gens se retournent, la regardent. Tu vois bien qu'ils sont étonnés. Elle chante en latin, avec une prononciation bizarre, en articulant exagérément cette langue incompréhensible, cette langue de fous, qui lui plaît, tu le sens, et tu as l'impression qu'il y a là une connivence qui te dépasse, qui te fait peur.

Ta mère fait tout trop haut, fait tout trop fort. Elle n'est pas comme les autres. Elle détonne parmi les fidèles, ces gens tranquilles, sans éclat, ces gens qu'on ne remarque pas, qu'on ne voit pas ; tu entends bien comme leur voix est faible et la sienne sonore, comme elle ouvre la bouche largement alors qu'eux sont là, nez baissé sur leur chant maigrelet. Dans un monde décoloré elle est en rouge. Elle crie au milieu des muets. Elle danse parmi des gisants.

Tu les regardes, ces gens sages, ennuyés et dociles, penchés sur leur missel, ou fixant sur les évolutions du prêtre à travers l'autel, sur sa gesticulation en chaire, leurs yeux vides. Elle, ta mère, toute droite, la tête haute, récite les paroles de la liturgie sans le secours du livre, flamboyante, le regard brillant d'une joie insolente. Ta mère magnifique, insupportable.

Tu as honte d'elle, de son exaltation, de ses couleurs, de ses cheveux fous, de son trop de vie. Tu l'admires follement.

« Tu as vu ces grenouilles ! te dit-elle ensuite, quand vous sortez dans les grondements de l'orgue, tu les as vues ? Tu as vu leurs bouches pincées, ma chérie ? Tu sais, eux, ils ne croient en rien. Mais Dieu les connaît. Dieu sait la vérité. Dieu sait tout. »

Elle t'entraîne jusqu'à la maison d'une main ferme. Tu es confondue d'amour et d'effroi.

Une nuit, tu fais un rêve curieux : tu te vois traverser avec Fanny une ville immense, envahie de voitures qui roulent en tous sens, qui couvrent le sol comme un tapis mobile et rutilant. Vous glissez magiquement au milieu d'elles. Fanny t'a prise par la main, et voilà que, peu à peu, vous vous élevez dans l'air insensiblement, vous flottez, vous volez, telles les figures évanescentes des dessins de William Blake que tu connaîtras un jour. Il n'y a plus de pesanteur, plus de bruit. Vous êtes au-dessus du monde. Vous vous déplacez avec une aisance, une légèreté étonnantes. Il n'y a plus aucune contrainte, aucun danger. Rien qu'une incroyable liberté.

« Tu vois, chuchote Fanny dans le rêve, je t'avais bien dit que c'était facile. »

Est-ce à ce moment que tu lui as posé la question que, depuis quelque temps, tu ruminais, cette question née de la confrontation de votre vie à vous, si particulière, et de celle des autres, ces gens dits normaux qui vivent en famille ? Les autres femmes, les mères des filles de ta classe, les maîtresses d'école, les marchandes de la rue Saint-Paul ont toutes un mari, un amant, un homme, quelqu'un : Fanny, elle, n'a personne.

Un jour de pluie, tout gris, un jeudi où tu es occupée à coller des vignettes représentant « les animaux du monde » dans un cahier (tu les trouves dans les plaques de chocolat Menier) tandis que Fanny dessine à sa table, tu médites en silence. On entend aux vitres le tap-tap doux de la pluie. La question se formule dans ta tête, se fraie un chemin, franchit la barrière de tes lèvres : tu sais que tu enfreins un tabou. Tu la poses quand même :

« Pourquoi est-ce que tu ne te remaries pas ? »

Sous le choc de la surprise, Fanny rougit, se tait un instant, éclate de rire.

« En voilà une idée ! D'abord je n'ai jamais été mariée ! Et puis, mariée ou pas, je suis la femme de ton père. Je n'ai besoin de personne. »

C'est tout. La réponse claque dans le silence, dans la moiteur de l'appartement cerné de pluie. Ces mots-là, péremptoires, magnifiques.

Impressionnée, tu te tais, feins de t'absorber dans le collage de tes vignettes imbéciles, tandis que s'inscrit en toi, dans tout ton être, la tête et le corps, la traduction de ce que tu viens d'entendre : *Fanny est la femme de l'Allemand. Pour toujours.*

Et c'est toi qui rougis à présent. D'une toute nouvelle fierté.

Mais quand tu relèves la tête, au premier regard que tu poses sur ta mère, ses pommettes rouges, ses yeux brillants, c'est, inexplicablement, de l'effroi que tu éprouves.

D'ailleurs elle s'est mise à fredonner cet air, cet air que tu connais bien, qu'elle chantait déjà quand tu étais petite, l'air du *Temps des cerises*.

Et elle y met une tristesse et une détermination qui te font peur.

Fanny a toujours des médicaments à prendre. Mais elle choisit ; elle ne les prend pas tous : tu découvres qu'elle en jette à la poubelle. Et comme tu lui demandes pourquoi, elle te dit, avec une petite moue de défi, qu'*ils voudraient la rendre idiote mais qu'elle ne se laissera pas faire.*

Au médecin venu la voir, tu l'entends mentir, prétendre qu'elle suit scrupuleusement son traitement. Il la trouve en pleine forme.

Une fois qu'il est parti, elle triomphe : « Il n'est pas très malin, dit-elle ; d'ailleurs aucun *d'eux* n'est très malin. »

Eux ? Les médecins qui l'ont soignée à l'hôpital et dont elle ne parle pas ? Tu trouves qu'elle a eu l'air bizarre, méchant, en disant ça.

Élisa vient quelquefois déjeuner avec vous ; ensuite elle tient toujours à aider, à ranger un peu l'appartement ; et alors elle profite de ce que Fanny s'éloigne pour te demander en chuchotant si tout va bien, ma chérie ?

Oui, bien sûr, tout va bien : tu n'oses pas trahir ; tu ne racontes pas les médicaments jetés ; ni surtout ce qui, dans le comportement actuel de Fanny, te semble étrange parfois ; ce qui, dans la solitude, te rend soucieuse, te fait peur : un mot ; un regard ; un sourire ; le ton insolite, tout à coup, d'une conversation commencée de façon anodine, mais où surgissent les thèmes dangereux et fascinants : l'amour, ton père, Dieu, l'argent. Non, de cela, tu ne parles pas à tante Élisa. Elle s'en va, rassurée, si convenable, avec son roulottis de cheveux gris bien serré derrière la tête.

Après son départ, Fanny s'amuse toujours un peu à ses dépens, trouvant drôles sa coiffure, son austère manteau gris, son expression résignée. Je l'adore, dit-elle, mais je n'y peux rien, elle m'agace. Pas toi, Funny ? Elle ne t'agace pas ?

Tu ris lâchement. Tu n'as pas voulu trahir Fanny, mais tu es inquiète de tromper doublement la vieille dame dont tu sens confusément qu'elle représente la sécurité, la terre ferme.

Mais est-ce vraiment de prudence que tu as le plus besoin en ce moment ?

Même si tu as toujours peur qu'il ne se passe à nouveau quelque chose, que Fanny ne redevienne folle – car c'est le mot que tu oses employer dans le secret de ta pensée –, tu essaies de ne pas y songer. Et tu as la légèreté d'oublier facilement les choses inquiétantes, d'être heureuse, quand c'est possible, tout simplement heureuse. Tout est si facile, parfois : à l'école, les filles t'aiment bien, la maîtresse aussi, cette maîtresse laide mais gentille. Tu rentres de classe en courant, tu penses que Fanny sera à la maison quand tu arriveras ; en passant sur les marches de Saint-

Paul, tu danses avec les pigeons ; arrivée à la maison, tu montes l'escalier d'un seul élan jusqu'à l'appartement : elle est là, elle a aujourd'hui encore son regard normal, sa voix douce. La vie continue, si souvent merveilleuse.

Du temps passe. Tu grandis. Tu as grandi tout d'un coup, comme un champignon, dit Fanny, un drôle de petit champignon sournois qu'on n'a pas vu venir. On s'en aperçoit aux vêtements qui, en quelques mois, sont devenus trop petits : pantalons trop courts, manches ridicules d'où surgissent de longs poignets, chaussettes percées. Un matin, avant de partir pour l'école, tu te découvres dans la glace : ce bizarre personnage, mal coiffé, fagoté, dont les membres sortent si disgracieusement d'un manteau bleu marine trop étroit, c'est toi ; même Fanny remarque cette étrangeté, comme, debout à côté du miroir, elle a surpris ton regard. Et voilà qu'elle éclate de rire et se penche vers toi pour t'embrasser :

« Mon pauvre Funny, dépêche-toi, tu vas être en retard… »

Elle qui d'habitude se soucie bien peu de la ponctualité, tu sens bien qu'il y a dans son attitude quelque chose comme de la pitié ; de la gêne, peut-être, d'avoir une fille comme ça. Oui, de la gêne : elle s'aperçoit que sa fille n'est pas belle ; que c'est vraiment une *funny-face*.

Sur le chemin de l'école, tu médites sur la découverte que tu viens de faire : tu es grande et laide.

Voilà. Tu seras une grande personne laide et raisonnable. Ta mère, elle, est folle et belle. Qu'est-ce qui vaut le mieux, à ton avis?

En classe, ce matin-là, tu n'écoutes pas la maîtresse mais tu la regardes, et tu la trouves décidément bien disgraciée. Pas folle du tout, la maîtresse; parfaitement raisonnable; parfaitement *normale*.

C'est peut-être la *normalité* qui rend laid? Toi qui n'es pas folle, tu vas être comme ça : est-ce vraiment ce que tu préfères, cette platitude?

Bien sûr, il y a des gens qui sont beaux et pas fous; mais ce n'est pas cette beauté-là qui t'intéresse, tu le sais bien. La beauté dont il s'agit, c'est la beauté de l'étrange; la beauté propre de la folie.

Toi, tu es laide; de la même laideur insignifiante que la maîtresse. Celle des gens raisonnables. Tu n'es pas, tu ne seras jamais folle.

Mais l'institutrice, qui t'observe depuis un moment, interrompt ta méditation :

« Dis-moi, toi, tu n'écoutes pas? À quoi rêves-tu? »

Tu réponds qu'à rien, Madame, tu ne rêves à rien. Elle te dit de cesser de faire la folle. Les filles éclatent de rire.

Tu as dix ans.

C'est à ton père que tu ressembles sans doute; à l'Allemand. Pourtant Fanny t'a bien dit qu'il était beau. Très beau. Alors? Comment comprendre? C'est de lui que te viennent ce visage rond, si différent de celui de Fanny, allongé et au menton pointu, ces cheveux blonds tout frisés, quand les siens, à elle, sont noirs et raides. C'est à cause de lui que tu es trop grande, plus grande que les filles de ta classe.

Et, pour la première fois, il te vient, de cet homme-là, une étrange, une grande curiosité.

Tu aurais bien voulu le voir. Savoir à quoi il ressemblait. Mais tu n'as pas même une photo. Tu n'en as jamais vu. Il ne doit pas y en avoir. À moins que? Mais non, tu la connais, elle déteste les photos; d'elle non plus il n'en existe pas.

Ainsi, du jeune homme allemand, il n'y a aucune trace. Juste toi. Tu es tout ce qu'il reste ici de l'Allemand.

Tu voudrais bien poser des questions à Fanny, mais tu sens qu'il ne faut pas, que c'est mauvais pour elle; le vieux médecin l'a dit, Élisa te l'a répété, il ne faut pas lui parler du passé, de la guerre, ni surtout de l'histoire de l'Allemand. Surtout pas de l'histoire de l'Allemand. L'histoire de l'Allemand est empoisonnée.

C'est cette histoire-là qui l'a rendue malade, paraît-il. Alors tu te tais, tu gardes tes questions pour toi. Mais quand tu regardes ta mère silencieusement, comme ça, l'air de rien, on dirait presque qu'elle te devine ; et, alors, il arrive qu'elle parle, qu'elle dise une ou deux des choses que tu voudrais tellement savoir.

Autrefois, quand il arrivait qu'elle parle de ton père, tu n'écoutais pas ; ce qu'elle disait, la manière dont elle le disait, ça t'agaçait au même titre que la lecture des poèmes qu'elle faisait avec une émotion qui, déjà, te semblait excessive, te mettait mal à l'aise. À présent, au contraire, tu guettes les mots qui pourraient survenir, t'apprendre quelque chose.

Par exemple, un jour, elle évoque avec beaucoup de détails, comme si elle racontait une histoire – jamais elle n'avait fait cela –, la manière dont ils s'étaient connus, elle et lui, et tu ne l'arrêtes pas, tu l'écoutes de toutes tes oreilles. Elle était en deuxième année, aux Beaux-Arts. Elle n'avait pas d'amis là-bas. S'ennuyait. Lui était venu, en civil, un jour de permission, assister à un cours. Il parlait très bien le français, avec un drôle de petit accent. Il s'était assis à côté d'elle. Il avait vingt ans, juste deux ans de plus qu'elle. Il était très beau, « plus beau que toi, Funny, mais pourtant le même genre, je ne sais comment », a-t-elle dit en riant. Et tu avais été heureuse de ce rire, de cette tendresse partagée par elle entre lui et toi. Elle se souvenait qu'ils avaient tout de suite parlé ensemble. Il lui avait dit qu'il était allemand. Ils s'étaient revus quand même. Fanny, ça lui était égal ; ça lui faisait même plaisir de faire quelque chose d'interdit, de braver l'opinion des gens, et surtout de ses parents. De narguer les D…, les certitudes des D…, ces bons Français, catholiques et bien-pensants.

Ce jour-là, elle a aussi parlé de l'étrangeté de la guerre, de ce temps où plus rien n'était normal, plus rien n'était juste. Elle a parlé de la peur ; du regard des autres ; des endroits où ils se retrouvaient, elle et lui, l'Allemand. Se cachaient. Puisque, ma chérie, je te l'ai déjà dit, c'était scandaleux, cet amour-là.

Elle n'a plus rien dit. Tu voyais bien qu'elle était émue, agitée. Alors, comme en jouant, tu t'es sauvée. Avec ton trésor d'images.

Une autre fois, elle est revenue sur le très léger accent de l'Allemand, en français, si charmant, disait-elle ; seulement sur certains mots ; dont elle se souvenait ; des mots qu'à cause de cela, maintenant, elle aimait davantage. Comme *aiguille*, dit-elle, qu'il n'était jamais parvenu à bien prononcer. Elle lui montrait comment dire, mais il avait beau répéter, il se trompait à chaque fois, et ils riaient.

À ce moment elle s'était tue. Et puis, elle avait eu ce tic, maintenant familier pour toi, de se mettre à chantonner, l'air ailleurs, l'air partie, et tu n'avais pas aimé ça. Tu n'avais pas aimé son regard, ni cette espèce de flou qu'avait eu alors son sourire, comme une photo bougée.

Ce que tu aurais bien voulu savoir, c'est la fin de l'histoire. Ce qui était arrivé avant qu'il meure ; avant qu'il parte ; comment ils s'étaient séparés. Est-ce qu'elle te le dirait un jour ?

Et son nom ? Le vrai nom de l'Allemand ? Ce nom que tu aurais dû porter, normalement, puisque c'était celui de ton père ; un nom bien allemand, que les filles de l'école et la maîtresse auraient eu du mal à prononcer, un nom plein de consonnes, un nom boche, un nom qui les aurait fait rire. Un nom qui te ferait rêver.

Un jour, tu oses le demander à Fanny. Mais elle se détourne, se tait, et puis te répond un peu sèchement qu'elle n'a pas envie d'en parler.

Ce n'est pas grave. Au fond, tu préfères ne pas savoir. Ton père, c'est l'Allemand. Pas de nom qui lui aille mieux.

De cette période presque heureuse, emplie de questions et de rêves, tu gardes, finalement, un joli souvenir. On aurait pu croire que tout ça pouvait doucement continuer ; votre vie avait pris, avec la compréhension que tu en avais maintenant, une couleur un peu mélancolique, mais non dépourvue de charme.

Cet équilibre précaire, c'est un problème matériel qui l'a rompu. Mais si ce n'avait été ça, ç'aurait été autre chose. Maintenant tu le sais bien : Fanny serait de toute façon retombée malade.

Vous n'aviez plus d'argent. Vous n'en aviez jamais eu beaucoup, tu le savais bien, mais cette fois les caisses étaient vides. À dix ans tu étais parfaitement consciente de la situation – c'était toi qui faisais les courses –, mieux que Fanny, toujours étrangère aux réalités, qui ne comptait que contrainte et forcée, quand il n'y avait plus de quoi acheter à manger. C'était le cas : vous n'aviez plus rien. À cette époque, les droits que lui avait valus le petit livre pour enfants qu'elle avait illustré étaient dépensés. Elle n'avait pas vendu un seul dessin depuis des mois ; la librairie scolaire où elle travaillait parfois en extra comme vendeuse n'embauchait pas pour le moment. Si bien que vos seules rentrées, depuis quelque temps, se réduisaient aux allocations familiales, et aux subsides, occasionnels, que Maud et Henri continuaient de vous faire parvenir par l'intermédiaire d'Élisa. *Ma chérie, Maud me charge de…* Et elle tendait des billets. Fanny disait parfois qu'elle ne voulait pas de cet argent, qu'elle allait leur renvoyer « leur fric » ; et puis elle riait et déclarait qu'après tout, si ça pouvait leur donner bonne conscience, à ces bourgeois, elle ne voulait pas leur refuser ce plaisir.

La situation, cette fois, était critique. Devant l'évidence, Fanny s'est mise sérieusement à chercher du travail. N'importe quel travail.

Un après-midi, en rentrant de l'école, tu l'as trouvée tout excitée : elle avait réussi à se faire embaucher à temps complet, près de chez vous, au Bazar de l'Hôtel-de-Ville, un grand magasin qu'elle aimait bien malgré son inélégance, parce que, disait-elle, c'était un magasin populaire, *un magasin où Maud ne voudrait pas mettre les pieds, où on vendait de tout, des robes, des clous et des balais*, un magasin qui lui rappelait, en grand, la boutique de sa grand-mère.

Mais, surtout, elle allait gagner de l'argent, tout de suite : vous étiez tirées d'affaire, encore une fois. Fanny était enchantée, ravie de ce qu'elle considérait comme une aventure :

« Tu vas voir, Funny, on va être riches ! On pourra aller au cinéma tous les soirs ! » Et elle avait lancé le chiffre de son salaire : il vous semblait à toutes les deux éblouissant.

En fait elle avait décroché, pour quelques semaines, un poste de manutentionnaire au rayon des papiers peints. Leur laideur l'avait un peu attristée – « Des papiers peints horribles, si tu voyais, avec des palmiers et des grosses fleurs ! » – quand, le premier jour, elle les avait aperçus, déroulés, dans le rayon, entre deux passages à la réserve. Elle était revenue épuisée.

Mais quand elle est rentrée de sa deuxième journée de travail, ça n'allait plus du tout. Elle était décomposée, méconnaissable ; si fatiguée qu'elle n'avait pas même la force de préparer le dîner. Ce soir-là, elle n'a rien raconté, mais son visage parlait pour elle, et ses mains aux ongles cassés, ses mains grises de poussière qu'elle n'avait pas encore eu le courage de laver : on lui avait fait déménager, des heures durant, des centaines de rouleaux de papier dans des chariots, de la réserve au rayon ; du rayon à la réserve ; puis, juchée sur une échelle, les réinstaller dans des casiers. Fanny était petite et mince. Elle ne pesait pas cinquante kilos.

Le lendemain soir, quand tu lui as demandé comment les choses, cette fois, s'étaient passées, elle a éclaté en larmes, comme une enfant. On se moquait d'elle parce qu'elle n'allait pas assez vite, parce qu'elle se trompait, parce que les rouleaux lui échappaient. Mais il y avait pire ; il y avait sa différence : on lui reprochait de ne pas rire des plaisanteries des autres, des histoires salaces que racontaient les vendeurs. *Salaces*, ce n'est pas ce mot-là qu'elle a employé ; de toute façon tu n'aurais pas plus compris le mot que la chose ; et de la chose, elle était très ignorante elle aussi. On ne le lui pardonnait pas.

Le soir, c'était toi à présent qui préparais le dîner : jambon et pâtes, ou œufs et petits pois en conserve. Si Fanny ne pleurait plus, elle avait aussi cessé de parler. Elle n'avait pas faim ; elle te regardait manger en silence et tu étais effrayée du visage mort qu'elle avait maintenant. Oui, c'était cette tristesse sans larmes et sans paroles qui était terrible.

Un matin, elle ne s'est pas levée. Quand tu es rentrée de l'école, elle était encore au lit, étendue, immobile, le visage couleur de plâtre, les yeux grands ouverts. Tu t'es approchée ; tu t'es assise au bord du lit ; elle t'a regardée : tu as vu qu'elle essayait de parler mais n'y arrivait pas. Et puis elle a articulé, très lentement, d'une bizarre voix hésitante, qu'elle n'irait plus travailler, qu'elle ne voulait pas retourner là-bas, qu'elle se sentait mal. Elle te donne un numéro de téléphone, pour que tu ailles appeler, depuis chez la concierge, dire qu'elle est malade, qu'elle ne reviendra plus.

Tu le fais. Quand tu reviens, tu la retrouves dans la même position, immobile, sans expression. Tu lui demandes ce qu'elle a. Elle ne sait pas. Elle a mal au cœur, à la tête. Mais quand tu parles de faire venir le docteur, elle s'anime, s'affole : *surtout pas de docteur, il ne faut pas, tu me promets, Funny, pas de docteur.* Toi, tu ne comprends pas, tu insistes. Elle pleure. Elle finit par te dire, avec beaucoup de mal, en bafouillant, qu'elle a peur qu'on ne la renvoie à l'hôpital.

Étonnée, tu insistes encore, parles du docteur Attal. Alors voilà qu'elle se met à sangloter comme un enfant, te prend par le bras pour te retenir, te supplie, répète qu'elle ne veut pas aller à l'hôpital, que tu dois promettre de n'appeler personne, qu'elle va guérir toute seule. Qu'elle ne veut pas d'électrochocs, qu'elle ne veut pas, que c'est horrible, les électrochocs, qu'elle ne pourra pas, cette fois, les supporter. Elle bégaie au milieu des larmes, la voix pâteuse, devient incompréhensible.

Tu es stupéfaite, effrayée. Quel rapport entre son malaise et l'hôpital, les électrochocs?

Un jour, après sa *maladie*, elle t'avait parlé des chocs électriques. Brièvement. De façon presque détachée. Calmement. Si calmement, de ces choses terribles, que tu croyais avoir oubliées. Et puis elle n'en avait parlé qu'une seule fois. Maintenant tu te rappelais. Peut-être qu'alors tu n'avais pas voulu entendre?

Elle t'avait dit, posément, de sa petite voix douce, que c'est la chose la plus épouvantable qui soit, les chocs électriques; qu'on attache les gens comme des bêtes; qu'on les relie à des électrodes; que la secousse est si terrible qu'ils croient mourir; et qu'après, quand on les relâche, quand on les délivre, c'est comme s'ils étaient vidés d'eux-mêmes, qu'on leur avait volé leur âme, leur esprit, leur mémoire; qu'ils n'existaient plus que comme des corps perdus; que leur personnalité mettait longtemps à revenir, et qu'il en manquait toujours des morceaux: c'était ça que les médecins appelaient guérir. La machine chasse, disent-ils, les mauvais souvenirs. Seulement, disait Fanny, elle chasse aussi les bons. Et quand tout revient – car tout finit par revenir –, tout est mélangé, dénaturé: les bons ne sont plus si bons, les mauvais plus si mauvais. Si bien qu'on n'est plus jamais tout à fait comme avant. On est perdu, et ça fait mal. Un autre genre de mal.

« Tu comprends, Funny, ce que je veux dire ? » avait-elle demandé.

Oui, tu avais compris, ce jour-là. Tu te rappelles exactement les paroles de Fanny, ces mots qu'aujourd'hui elle est bien incapable de prononcer.

Tu es tellement impressionnée que tu promets. On n'appellera pas de médecin. Mais Fanny a de drôles d'idées : aujourd'hui, elle n'est pas *malade* ? Elle ne crie pas, ne chante pas ? Ne dit pas de folies ?

Alors pourquoi la traiterait-on comme si elle était de nouveau folle ?

Tu t'imaginais qu'elle allait guérir seule; qu'elle n'avait rien; qu'elle était seulement fatiguée. Mais quand tu rentres de l'école et que tu la trouves si pâle, si faible, tu commences à avoir peur. À sentir que quelque chose de nouveau se passe, quelque chose qui t'échappe, quelque chose de mystérieux, de maléfique, quelque chose d'aussi terrible que quand Fanny chantait nue à la fenêtre avec une voix d'homme, mais qui se manifeste autrement.

Elle ne veut plus manger; boit à peine. Refuse ses médicaments. Ne bouge plus de son lit où elle reste étendue, ou assise, appuyée à des oreillers. Sans rien voir, semble-t-il. Absente.

Ce sont ses yeux qui t'effraient le plus : on dirait que, comme son visage, ils ont pâli, se sont décolorés. Tu n'aimes pas l'immobilité de ce regard sans éclat, atone, si profondément, si étrangement triste. Tu as peur de cette gravité, du dessin sévère des lèvres serrées. Elle ne parle pas, ne répond qu'à peine, en cherchant ses mots. Quelquefois, et c'est pire, elle pleure sans bruit, des larmes qui coulent toutes seules sur ses joues mortes. Tu demandes maladroitement ce qu'il y a. Elle te regarde. Et puis elle te dit, avec difficulté, que ce n'est rien, ma chérie, juste de l'eau.

Ce n'est plus Fanny qui te regarde avec ces yeux morts, mais quelqu'un d'autre.

Une nuit, dans votre chambre, où elle dort dans le lit voisin du tien, tu es réveillée par une espèce de chuchotement discontinu, paroles confuses, perdues dans l'obscurité : c'est bien Fanny qui parle, qui parle toute seule, dans un demi-sommeil, mais on reconnaît à peine sa voix, comme voilée, étrangère, et on comprend mal ce qu'elle dit ; elle n'articule pas, sa parole est molle, et, de toute façon, elle ne forme que des bribes de phrases, de pauvres paroles éparses, que, d'abord, tu ne saisis pas.

Dans la pénombre, tu peux voir qu'elle est couchée sur le dos, immobile ; tu distingues la tache pâle du visage, mais ni les yeux, ni les lèvres ne sont visibles, ces lèvres qui semblent parler toutes seules ; ces lèvres qui ne s'adressent pas à toi. Peut-être qu'elle rêve ? Tu entends des paroles brisées dont le sens, d'abord, te parvient mal, des exclamations de crainte, confuses, discontinues : *non, je vous en prie, non, pas ça, laissez-moi.* On dirait qu'elle se bat contre une foule hostile, qu'elle supplie. À un moment elle dit, elle répète que *ce n'est pas sa faute, qu'ils n'ont pas compris.* Et puis, presque sans transition, elle dit d'autres choses, sur un tout autre ton, très doucement cette fois, des choses incompréhensibles, des mots qui te semblent être des mots d'amour.

Elle parle. De la gangue épaisse qui enveloppait si bien le passé, elle détache doucement des éclats de lumière. Des paroles venues de loin. Des mots surgis d'ailleurs qui te font juste entrevoir un autre monde, insoupçonné, ce monde où tu n'existais pas encore et qui vivait si fort.

Et, quand Fanny parle dans le silence de votre chambre, c'est comme si, la vraie réalité, c'était celle d'avant, et que tout ce qui était pour toi la vie, cette vie si présente, apparemment si réelle de la rue Saint-Antoine, votre vie à toutes les deux, n'existait plus.

Elle parle, et tu deviens elle.

Elle parle. Elle dit, en désordre, par bribes¹ – et c'est comme les pièces éparpillées d'un puzzle –, la maison d'où elle s'échappait, les colères de son père, les larmes de Maud, les regards des voisins.

Elle dit aussi cet amour-là. Elle dit surtout cet amour-là. L'amour de l'Allemand.

Ce n'est pas à toi qu'elle parle, tu l'entends bien. Cette voix, si étrange dans le noir, ce n'est pas à toi qu'elle s'adresse, et tu as un peu peur d'être là, à entendre ce que tu ne devrais pas écouter.

Mais ces mots qui ne te sont pas destinés, tu les prends, tu les recueilles. Tout ce qui est à l'Allemand t'appartient aussi.

---

¹ in bits

Trois jours encore, tu as tenu ta promesse. Trois jours, où tu l'as vue prostrée dans son lit, immobile comme un animal malade, avec ce regard vide d'où sourdaient des larmes.

Elle pleure. Et ces larmes qui sont la seule chose vivante de son visage, ces larmes qui coulent toutes seules, on dirait qu'elles emportent la vie. On dirait qu'elles vident Fanny de sa vie. On dirait que Fanny perd sa vie comme on perd son sang.

Elle ne bouge pas. Même ses mains ne remuent pas. Ne vit que ce flux incessant de larmes qui font ses yeux transparents, ses yeux invisibles.

Fanny est ailleurs. Partie. Loin derrière le rideau des larmes. Elle ne te voit pas. Elle ne te voit plus. Elle ne répond pas à tes questions. Pour elle, tu n'existes plus.

Alors l'angoisse a été trop grande. La peur devant ce corps pris de silence. Cette chose-là qui se passait ; ce mystère d'un ailleurs qui était en train de s'insinuer en elle, de s'emparer d'elle, devant toi. Qui te prenait toi aussi.

Alors tu as cédé. Tu as rompu ta promesse. Tu es descendue appeler Élisa au téléphone, comme elle t'avait dit de le faire si quelque chose allait mal, depuis la loge de Mme Bescond. Et c'était gênant de parler devant cette femme, qui, après avoir formé le numéro sur le cadran du téléphone, restait là, à écouter. D'appeler au secours sans vraiment pouvoir expliquer. En plus, c'est Maud que tu as eue au bout du fil, et à qui tu as dû parler ; et c'était comme si tu trahissais davantage Fanny. Tu as juste dit qu'elle était malade. Tu n'es pas entrée dans les détails. Maud s'est récriée, t'a reproché de n'avoir pas téléphoné plus tôt ; a appelé Élisa : « Je te passe ta tante, darling. » *Darling !* Exaspérante.

Tu entends l'appel se répercuter à travers l'appartement ; puis des pas ; enfin, c'est Élisa. Affolement de la vieille demoiselle, qui se reproche de n'être pas venue d'elle-même. Tu essaies de faire comprendre, sous le regard unique et rond de la concierge, ce qui s'est passé. Tu t'embrouilles. Tu as peur de pleurer. Élisa dit qu'elle accourt ; qu'elle se charge aussi d'appeler le médecin. Elle raccroche.

Maintenant il est trop tard : tu n'as pas osé parler des angoisses de Fanny, de la promesse que tu lui as faite. Si on l'envoie à l'hôpital, ce sera ta faute.

Quand tante Élisa arrive, aussi vite qu'elle a pu, bouleversée, le chignon en déroute, toute rouge d'avoir couru – il fait très chaud cet après-midi de juin –, Élisa dans sa robe noire à manches longues, boutonnée devant comme une soutane, s'exclamant d'une voix qu'elle veut basse, par égard pour la malade, tu n'es pas fière de toi : de toute façon tu es coupable.

Mais, sur son lit, les yeux fermés, indifférente, Fanny n'écoute pas, ne regarde pas : on a l'impression qu'elle appartient à un autre monde. Devant Élisa qui s'empresse, lui prend la main dans la sienne, elle ne réagit pas. Cette fois, tu vois bien, au visage de la visiteuse, que c'est sérieux, et tu as de nouveau peur.

Le médecin, à peine arrivé, a lui aussi l'air de trouver que c'est grave.

« Vous ne pouvez pas la soigner ici, dit-il tout de suite, ce n'est pas possible, il faut l'hospitaliser immédiatement. »

Effroi de l'entendre dire juste ce dont tu avais peur. Élisa opine, confirme ce qui, pour toi, sonne comme un verdict.

Un instant encore, tu penses que tu dois tout arrêter, empêcher qu'on emmène Fanny, leur dire qu'elle ne veut pas aller à l'hôpital, qu'elle te l'a bien précisé, qu'elle refuse les électrochocs, que c'est son droit, que c'est une personne : mais tout cela reste dans ta tête, à l'état de velléité honteuse. Tu es lâche. Tu ne dis rien. Tu regardes sottement tes pieds. Tu abandonnes Fanny.

Le médecin parle devant celle qui n'entend pas, qui n'écoute pas, qui a l'air très loin de vous en train de conspirer. Il parle d'elle comme d'un paquet qu'on va emporter, d'une chose qu'on va traiter de telle et telle façon : « Vous comprenez, explique-t-il, il va falloir la réhydrater, la réalimenter par perfusion, elle est très faible ; et ensuite seulement nous pourrons la soigner ; les médicaments dont nous disposons ne suffiraient pas ; il faut… » Bien sûr que tu comprends. Tu comprends même très bien ; mais tu te tais. Le médecin continue à parler pour Élisa attentive. Toi, tu ne l'entends plus.

Pourtant, dans le discours à mi-voix qu'il tient à la tante, un mot attire ton attention, un nom, le nom d'une maladie, la maladie de Fanny, sans doute, un joli nom, sonore et singulier, qui revient à plusieurs reprises : un nom en *ose* et en *ive*, compliqué ; il t'échappe, mais voilà qu'il revient, tu le saisis au vol : *psychose maniaco-dépressive.* C'est le terme qu'il emploie, et tu l'entends pour la première fois. Il dit qu'elle sera bien soignée à l'hôpital Sainte-Anne, où on la connaît, maintenant, n'est-ce pas ? Que la phase dépressive actuelle sera peut-être plus vite surmontée que la phase maniaque d'il y a trois ans. Il va la faire admettre en urgence. Il sourit, presque jovial. *Vous verrez, tout se passera bien.* Il rédige son ordonnance avec application. Tu le hais. Tu penses que Fanny avait raison de dire qu'il n'était pas malin. Il s'en va après vous avoir serré la main.

Tu te sens misérable. C'est toi la coupable.

L'ambulance sera là dans une heure. Élisa prépare une petite valise pour Fanny. Tu as le cœur prêt d'éclater.

Comme maintenant tu es trop grande pour manquer l'école – tu vas entrer en sixième en septembre – il est décidé qu'Élisa viendra s'installer ici en l'absence de ta mère.

Quand les ambulanciers arrivent – deux rougeauds en blouse blanche –, Fanny n'ouvre même pas les yeux. Ils la mettent sur une civière comme une bles-

sée. Passent la porte avec elle cachée sous une couver-
ture.

   Élisa les accompagne. Toi, tu restes là, inutile, redevenue bizarrement enfant, dans la chambre vide, à
attendre qu'on revienne.

Fanny est partie. Pour longtemps, paraît-il. Elle ne reviendra pas avant trois mois : en septembre au plus tôt, dit-on. Alors tu découvriras le lycée toute seule. Sans elle qui en parlait tant, qui se réjouissait tellement de te voir commencer « la vie des grands », comme elle disait. Vous deviez choisir un cartable ensemble, une nouvelle trousse, acheter les livres : tout cela, tu le feras avec tante Élisa, sa robe noire, son petit chapeau de paille tressée. Si étrange de vivre rue Saint-Antoine avec elle, de la voir dormir dans le lit de Fanny, à côté du tien ; de la regarder ranger l'appartement, préparer le dîner, faire les gestes qui étaient ceux de ta mère, mais de façon si différente. Parfois il t'arrive de lui jeter un regard hostile, comme si elle était une usurpatrice ; comme si elle avait volé la place de Fanny. Mais non, la place de Fanny est vide ; personne ne peut prendre sa place. Elle est à la fois ici et là-bas, tu le sais.

On ne te permet pas d'aller voir Fanny à l'hôpital ; à ton âge les visites ne sont pas autorisées dans ce genre d'hôpital, te dit Élisa.

« Quel genre d'hôpital ?

– Eh bien, un hôpital psychiatrique », répond la tante, un peu énervée.

Tu protestes. Tu dis qu'un hôpital psychiatrique, c'est pour les fous, les *vrais*, que Fanny n'est pas folle.

Élisa explique alors patiemment qu'il y a là des fous à proprement parler, ceux qu'on appelle des schizo-phrènes, et des gens beaucoup moins malades, qu'on soigne au même endroit, parce qu'ils souffrent aussi de maladies des nerfs.

« Des demi-fous alors ?

– Mais non, proteste Élisa, ennuyée, ce n'est pas ça, ce n'est pas le mot… »

Toi, au contraire, tu trouves que c'est parfaitement le mot. Fanny est soignée là-bas pour sa maladie en *ose* parce qu'on la considère comme une demi-folle.

Et tu t'interroges sur le mystère qu'elle représente, cette moitié de folle, ta mère, avec cette petite flamme en elle que n'ont pas les autres ; et cette fragilité qui la rend différente. Cette force et cette faiblesse.

Fanny est à l'hôpital des fous. Fanny est folle. Et cette fois ce ne sont pas les gamines de l'école qui te le disent.

Et si elle est là-bas, c'est que tu n'as pas su la gar-der.

Ça, tu ne le dis pas à Élisa.

C'est toi qui as envoyé *la femme de l'Allemand* à la maison des fous.

Comme il dure, ce mois de juin. Comme il est triste, ce soleil. Comme tout est bizarre, sans Fanny, et avec la pensée de Fanny, incessante.

Tante Élisa va la voir très souvent. Rapporte un bulletin de santé, au début toujours le même : état stationnaire. Il paraît qu'elle ne réagit pas aux visites d'Élisa, la regarde comme si elle ne la connaissait pas. « Mais elle est très bien soignée », dit la tante. Silence.

Tu ne demandes pas ce qu'on lui fait. Tu ne veux pas savoir.

Le soir, avec Élisa, vous dînez à la petite table près de la fenêtre ouverte. Vous parlez de choses et d'autres, de l'école, de Maud qui a une angine. De Fanny malade, non. Vous ne parlez pas de Fanny malade, là-bas, dans la maison des fous. Parfois vous vous taisez.

C'est l'été maintenant, et, pour toi, les bruits et les parfums d'autres étés reviennent. Tu penses aux sorties avec Fanny ; à vos expéditions au cinéma dans le soir d'été ; à son rire.

Mais tu revois aussi son visage des derniers jours, dans la chambre ; tu entends la voix étrange sortie de son rêve, cette voix de la nuit. Tu retrouves ce mystère-là. Cette chose-là.

Est-ce toi, est-ce la vieille dame qui a parlé de l'Allemand ?

Peut-être as-tu posé une question ?

Élisa parle. Enfin. Te parle. Tu absorbes chacun des mots.

Tu comprends, ma chérie, ta maman, à cette époque-là, c'était une petite fille... Dix-huit ans ! Si innocente, si légère... Elle ne voyait pas les choses comme nous, les adultes : la guerre, l'Occupation, les Allemands... Le mal, le bien... Elle se moquait de tout ça... Pourtant elle avait été bien élevée, je t'assure ! Si tu savais !... Maud l'avait même mise chez les sœurs, tu le sais ?... Seulement, elle n'en faisait déjà qu'à sa tête... Elle disait toujours que la vie était simple ; que c'était nous qui compliquions les choses ; que nous étions tous fous...

Quand elle a rencontré ce garçon – oui, je l'ai vu, laisse-moi donc raconter— elle n'y a pas vu de mal... Ma pauvre chérie, quel drame ça a été !... Évidemment tu ne peux pas comprendre, tu n'as pas vécu la guerre... Les femmes qui fréquentaient des Allemands, alors, on n'avait pas de mots trop durs pour elles... C'étaient des traînées, des moins que rien... Aussi, quand Maud et Henri ont appris ce qui se passait, j'ai cru qu'ils allaient devenir fous... Leur petite fille ! Leur Fanny ! La stupéfaction, le dégoût, la colère... La honte ! Leur petite

*Fanny, faire ça !… Comment t'expliquer ? Tu ne sais pas
ce que nous, Français, nous vivions alors : voir le pays
envahi par ces gens-là, subir leur arrogance, leur bruta-
lité ; apprendre les atrocités dont ils se rendaient coupables… Des monstres, tu n'imagines même pas ! Non,
il n'y avait pas besoin d'être farouchement patriote pour
se révolter, les haïr, ces Allemands. Même les enfants de
ma classe savaient – des petits de huit ans ! Il n'y avait
que notre Fanny pour ne pas comprendre, semblait-il…
Elle qui avait pourtant été élevée dans une famille catho-
lique, d'une moralité stricte, dans le respect des valeurs
traditionnelles, par des gens honnêtes, eux-mêmes issus
de familles respectables… Le père d'Henri travaillait
dans une banque, il avait fait la guerre de 14 ; nos
parents à nous, Maud et moi, c'étaient de petits commerçants irréprochables ; Henri lui-même, polytechnicien,
ingénieur ; Maud agrégée d'anglais ; moi institutrice…
Le pauvre petit Charles, déjà colonel à vingt-sept ans,
qui venait de mourir en Afrique… Alors tu imagines…
Henri n'avait pas été mobilisé, trop âgé déjà ; mais la
patrie, pour lui, c'était sacré… Il faisait même un peu de
résistance – de petites choses, abriter des documents, en
faire passer – et affichait haut et fort ses convictions…
Il écoutait la radio anglaise… Tu peux te figurer ce qu'il
a ressenti en apprenant que sa fille était l'amie d'un soldat allemand.*

Élisa s'est tue un moment. On voyait qu'elle pesait
ses paroles. Peur de choquer, d'aller trop vite ?
D'oublier à qui elle parlait ?

Et puis elle a repris son récit.

*C'était l'été… Comme maintenant. Juste avant les
vacances de 1943. Henri et Maud étaient partis ouvrir*

la maison qu'ils avaient encore, à cette époque, en Provence, la maison des beaux-parents. Fanny devait les rejoindre après ses examens. Elle était alors en seconde année aux Beaux-Arts... C'est là qu'elle a rencontré ce garçon.

– Je sais. Mais toi, Élisa, tu l'as vu ?

– Oui, je l'ai vu. Une fois, et très vite. Mais assez pour que je me le rappelle parfaitement... C'étaient de si bizarres circonstances...

J'étais moi aussi restée à Paris, l'année scolaire n'était pas terminée. J'habitais alors un petit appartement dans le 15e, pas très loin de chez Maud et Henri. Un après-midi, j'ai eu besoin d'un livre oublié chez eux. Ils me laissaient toujours la clé : je suis entrée sans sonner. La première chose que j'ai vue, c'est Fanny, dans les bras de cet homme. De cet Allemand !

– Comment il était ?

– Que veux-tu que je te dise ? Si ce n'avait pas été la guerre... Magnifique, grand, jeune, sympathique : le genre de garçon qu'en d'autres circonstances on aime tout de suite...

– Comment tu as su qu'il était allemand ?

– Il y avait sa casquette d'officier sur une table, et sa veste, accrochée au dossier d'une chaise...

– Qu'est-ce que tu as fait ?

– J'étais tellement bouleversée que j'ai immédiatement refermé la porte, sans rien dire, et j'ai dévalé l'escalier...

– Et eux ?

– Ils étaient tout à fait interdits par mon apparition. Ils me regardaient sans même penser à se désenlacer... On aurait dit des enfants apeurés. C'est peut-être pour ça que je n'ai rien dit.

– *Tu as averti Maud ?*

– *Non. Même pas. Ce sont d'autres gens qui l'ont fait : une lettre anonyme, sans doute des voisins... Maud et Henri sont revenus tout de suite. Il y a eu une scène atroce, paraît-il – moi je n'ai pas voulu y assister. Cris, larmes, violences. Ils ont voulu enfermer Fanny. Mais ta maman, on ne l'enferme pas comme ça. Elle s'est sauvée.*

– *Et après ?*

– *Elle a réussi à vivre de chambre d'hôtel en chambre d'hôtel... Lui avait de l'argent. Ils se cachaient : à Paris, c'est facile... D'ailleurs, Henri n'osait sans doute pas faire faire de vraies recherches... Ils ont perdu sa trace. Et puis, en 44, ç'a été la fin de la guerre. Pour les Allemands, la débâcle. La plupart des soldats ont été envoyés sur le front russe, où la situation était là aussi désespérée : le siège de Stalingrad – tu en entendras un jour parler –, un hiver glacial, plus rien à manger, des soldats abandonnés. Il en faisait partie. Il a encore écrit à ta maman, paraît-il. Et puis plus rien. Il a dû mourir là-bas, comme des milliers de ces jeunes gens.*

Fanny était allée à Tours avant ta naissance. Elle croyait que là-bas, pour elle, ce serait mieux... La pauvre petite ! Elle se trompait.

Élisa se tait un instant. Hésite. Tu vois qu'elle ne raconte pas tout. Mais tu ne dis rien. Tu sens qu'il ne faut pas demander. Elle reprend :

Elle était malade, tu sais, je veux dire nerveusement, malade nerveusement, tu me comprends. À la suite de tout ça, elle a eu une crise. Elle a été soignée là. C'est comme ça que nous l'avons retrouvée, grâce à l'hôpital.

114

Et puis tu es née. Elle est restée là-bas, à Tours, avec toi. Quand, plus tard, elle est retombée malade – au moment où elle a appris la mort de ce garçon – Maud et Henri ont été parfaits, ils t'ont prise chez eux, se sont occupés de toi jusqu'à ce qu'elle guérisse... Mais, tu comprends, ils n'ont jamais pardonné. Moi, ce n'est pas pareil...

Élisa n'en a pas dit davantage ce soir-là. Elle a simplement souri en guise de conclusion. Toi, tu n'as plus posé de questions. Tu avais appris beaucoup. Et toutes ces images nouvelles, tu avais besoin de les retrouver, de les ordonner, une à une. De les compter. Tout cela à toi maintenant.

L'année scolaire va se terminer. Elle n'en finit pas. À l'école, les autres parlent de vacances.

Il paraît que Fanny va mieux. Mais, aux petites lettres que tu envoies, elle ne répond pas. Elle a seulement dit, en apprenant que tu avais été reçue à l'examen d'entrée en sixième, *que c'était très bien*.

« Elle n'a rien dit d'autre ?

– Non, dit Élisa, rien. Mais, ajoute-t-elle, elle ne parle pas encore beaucoup, tu sais. »

Après les vacances tu entreras au lycée. Tout, décidément, n'est qu'attente, rêve, inquiétude.

Tu vas quelquefois regarder le portrait d'Édith Schiele. Tu cherches dans le regard des beaux yeux naïfs de la jeune femme quelque chose du bonheur qu'évoquait Fanny. Et puis tu n'as aucun portrait de Fanny, aucune photo. Alors, Édith Schiele, c'est tout ce que tu as d'elle.

Élisa n'a plus reparlé de l'Allemand. On peut se demander pourquoi elle l'avait fait : peut-être pensait-elle s'acquitter d'une espèce de devoir ; peut-être aussi cela lui faisait-il plaisir : avec qui aurait-elle évoqué ces souvenirs, ces images interdites ?

À présent, comme si de rien n'était, comme si elle n'avait rien dit, elle s'occupe de la maison, de toi, avec ce dévouement un peu trop humble qui agaçait Fanny naguère. Pourtant elle te manifeste toute la tendresse dont elle est capable. Une tendresse blanche. Une tendresse de bonne sœur. En fait, secrètement, tu lui en veux presque d'être là.

Le dimanche, vous allez avenue de Suffren. Les D… débordent de gentillesse à ton égard, papillonnent, papotent. Voix aiguë et faussement gaie de Maud, grave et sentencieuse d'Henri : à eux deux un orchestre. Mais tu ne les entends pas. Dans cet appartement, quand tu y viens, maintenant, ce sont d'autres personnages que tu entends et que tu vois.

Dans le salon où, passé le hall, à droite, on entre d'abord, il y a une table ronde, au milieu de la pièce, dans l'axe de la porte. Tu y vois, distinctement, la casquette d'officier allemand qui y est posée. Et puis, sur le dossier d'une chaise, une veste d'uniforme vert-de-gris.

Fanny et l'Allemand sont là. Tu les regardes. Tu les écoutes. Le reste a disparu.

Est-ce qu'elle se souvient encore, Fanny, de ce jour-là, dont maintenant l'image t'appartient aussi ? Est-ce qu'on la lui a laissée ?

Élisa, à présent, va voir Fanny à l'hôpital presque tous les jours. En rentrant, elle te fait un rapide compte rendu de sa visite, de l'état de la malade. Il paraît que les électrochocs associés à certains médicaments nouveaux ont un effet étonnant.

Tu continues à écrire à ta mère. Elle répond, enfin, par de brefs petits mots, griffonnés sur des cartes bleu pâle. Froids.

Le temps passe. Comme le temps passe. Lentement. Très vite. Trop vite. De nouveau, tu as peur.

Ce qui te fait peur, c'est, sans doute, d'abord, la brièveté des messages de Fanny; leur sécheresse, qui sonne comme un reproche, comme si elle ne t'aimait plus. Et tu sais bien pourquoi.

Mais il y a d'autres choses qui te font peur, qui forment autour de toi comme une ombre glauque, une menace indéfinie. Ce qui te fait peur, c'est le poids de cet « avant » inconnu dont tu te souciais si peu et qui s'est mis au fil des jours, sans que tu saches comment, à exister pour toi. Ce qui te fait peur, ce sont maintenant, plus que le silence de Maud et d'Henri, plus que les réticences d'Élisa, des phrases bel et bien entendues ici et là, à l'école, dans la rue, lues sur les manchettes des journaux, à propos de la guerre, de l'Occupation, de la Libération. Des images aperçues. Regardées. Comme si le monde familier où tu avais vécu dans l'innocence se fissurait, s'ouvrait sur des zones d'ombre inquiétantes, se hérissait de questions étranges.

Comme si ton amour pour l'Allemand se heurtait brusquement à un interdit.

Chez le marchand de journaux où, le jeudi, tu cours acheter *Fillette* avec le bonheur enfantin d'autrefois, tu tombes sur les photos d'un numéro spécial de *France-*

Soir consacré à la Libération de Paris. Tu lis ce titre en grosses lettres : « Les tondues de la Libération »; tu vois l'image d'une très jeune femme aux cheveux rasés, hagarde, qu'on a hissée sur une estrade, attachée à une espèce de poteau. Sur son front est tracée en noir une grande croix gammée. Sa robe est toute déchirée. En bas de l'estrade, des gens, une foule, la regardent haineusement, et on voit, à la distorsion de leur bouche grande ouverte, qu'ils hurlent des injures. Tu avais déjà entendu parler de ce genre de scènes. Mais vaguement, incidemment. Fanny elle-même, un jour, t'en avait dit quelque chose, mais si rapidement, si bizarrement que tu n'avais pas compris. *Est-ce que cela lui serait arrivé à elle aussi?* À Paris? À Tours? Cette fille sur l'image, ce pourrait être elle. C'est peut-être elle. Est-ce qu'on a pu la traiter comme une criminelle, lui faire ça? Pourquoi?

Pour la première fois t'apparaît la possibilité de sa culpabilité. De la tienne.

Ce qui te fait peur, c'est de revoir Fanny avec ces questions en tête. De retrouver une Fanny mystérieuse, étrangère, et d'être envers elle, de toute façon, coupable.

Ce qui te fait peur, enfin, c'est la perspective de quitter l'école et d'entrer au lycée où toutes ces choses terribles de la guerre seront certainement évoquées, racontées; les choses qu'on t'a cachées mises au grand jour. Devant toi. Mais, lâchement, tu te dis que, là-bas, personne, personne ne te connaîtra. Et que rien, rien ne pourra t'obliger à parler, à dire ce que tu es.

Les vacances d'été commençaient. Fanny était à présent dans un centre de repos à la campagne, pas très loin de Paris. Mais tu ne pouvais pas la voir ; elle devait, te dit-on, encore rester seule. Elle ne rentrerait qu'en septembre. Et ce délai, c'était, finalement, pour toi, à ta honte, comme un répit.

Aussi, quand Maud a proposé de vous emmener, Élisa et toi, au bord de la mer, dans la maison qu'ils louaient cette année en Bretagne, tu as été ravie. Avec Fanny, vous n'alliez pas en vacances. Jamais. Il n'en était pas même question. La mer, tu ne l'avais vue qu'au cinéma. Tu as bien pensé que Fanny, peut-être, même si elle avait donné, paraissait-il, son consentement, n'apprécierait pas ce rapprochement prolongé avec ses parents ; serait triste, surtout, que tu découvres la mer avec eux et non avec elle, alors qu'elle se promettait d'aller là-bas avec toi, un jour, plus tard.

Rien n'avait plus d'importance.

Enchantement du voyage en train. C'était un peu comme si la distance étendait, allongeait le temps de liberté qui te restait. Tu devenais inaccessible. Et puis tout était si nouveau : avec Fanny, tu ne te souvenais pas d'avoir jamais pris le train. Alors tu passais sans arrêt de votre compartiment au couloir, où les odeurs, les bruits, le défilement du paysage derrière la vitre te ravissaient, puis du couloir au compartiment, où Henri, Maud et Élisa te faisaient fête. Ils étaient d'une humeur charmante, les D..., beaucoup plus amusants qu'ils ne l'étaient avenue de Suffren. Maud, en robe de lin rose toute simple, semblait plus jeune; Henri portait un blazer de toile bleue, un chapeau blanc, et, l'œil riant, plaisantait. Quant à Élisa, effacée comme à l'habitude, discrète et souriante, elle était détendue, presque heureuse. Mais quelque chose faisait qu'on l'aurait prise pour la bonne emmenée par ses patrons. C'est Fanny qui, un jour, avait dit ça. Elle t'avait souvent parlé de la petite boutique des Bonnet, les parents d'Élisa et Maud, rue de Belleville où, quand elle était enfant, on lui permettait parfois d'aller, le jeudi, avec Charles; de la tendresse de sa grand-mère, qu'ils s'entêtaient, son frère et elle, à appeler *mémé Bonnet* en dépit des interdictions de Maud qui exigeait qu'ils disent *Bonne-Maman*. Il paraît que, des deux sœurs, seule Élisa ressemblait à mémé Bonnet. Moins ronde qu'elle, mais le même regard de bonté. La même simplicité. Une sorte d'humilité volontaire. Chez les D... Élisa jouait le rôle de gouvernante, de parente pauvre. Maud, elle, avait tout fait pour oublier et faire oublier ses origines.

Un instant, la présence de Fanny, un instant le rappel de son regard aigu sur les gens. Le souvenir de sa voix, de ses petites phrases.

Ne pense pas à Fanny.

Enchantement aussi, pour toi, de cette arrivée au matin, de la découverte de la maison inconnue, et surtout de la mer, devant la villa. La mer. Tu reçois en même temps, de tous tes sens, l'odeur des algues, le goût du sel, la douceur du vent, la tendresse du soleil, et, là-bas, derrière ce qui te semble des kilomètres de sable – c'est la marée basse –, tu vois pour la première fois cette grande ligne bleue prodigieuse, la mer.

Cette fois, tu vas oublier Fanny ?

C'est Henri qui t'emmène à la plage chaque après-midi. Les dames préfèrent rester sur la terrasse, sous un parasol, ou au jardin. Il prend sa canne, un pliant et son journal, met son chapeau blanc ; tu portes le maillot neuf que t'a acheté Maud, rouge à rayures blanches ; tu as sous le bras une grande serviette de bain, et vous voilà partis.

Si tu te baignes, Henri, assis au bord de l'eau sur son pliant, te crie de ne pas aller trop loin, et tu aimes son inquiétude. Tu aimes, aussi, le moment où, quand tu reviens, toute mouillée et frissonnante, il t'enveloppe dans la serviette de bain en disant que tu es gelée, que ce n'est pas raisonnable.

Tu découvres avec surprise que ce grand-père, que tu continues d'appeler Oncle Henri, peut être tendre ; tu t'aperçois qu'il sait être gai, qu'il parle, qu'il est même bavard quand vous êtes seuls. Tu aimes quand, après le déjeuner toujours un peu ennuyeux, il crie à la cantonade : « Je pars, j'emmène Marion… », et vous vous en allez, complices, en promenade à travers champs, ou sur la plage, ou dans les rochers. Il te fait parler de l'école, de ce que tu attends du lycée ; il raconte ses propres souvenirs d'enfance. Ça te plaît, ça te plaît assez, cette vie facile, cette vie *normale.* Pour un peu, tu oublierais la rue Saint-Antoine, le gong, la guerre, l'Allemand, l'image atroce des tondues de la Libération. Pour un peu, tu oublierais Fanny.

Et puis, un jour, Henri est assis sur son pliant, en contrebas des rochers sur lesquels tu crapahutes, et il te regarde revenir vers lui. Tu es à contre-jour. Il a mis une main en visière au-dessus de ses yeux. Il ne dit rien. Il a l'air tout drôle.

« Tu vois, dit-il enfin, et sa voix n'est pas très assurée, en te voyant arriver, là, à l'instant, j'ai cru revoir ta mère au même âge. La petite Fanny d'alors. Une curieuse impression, je t'assure. Je n'aurais pas cru que tu lui ressemblais tellement. Pas de visage, non ; c'est autre chose, une façon d'être, une présence. À l'instant, là, c'était elle que je voyais. »

Il a souri en te regardant. S'est tu un moment. Puis a continué :

« C'était moi, déjà, qui allais à la plage avec elle. Maud n'a jamais aimé ça, la plage, le sable. Nous partions tous les deux, comme toi et moi aujourd'hui. Si tu savais comme elle était mignonne, notre petite Fanny. Comme elle était gâtée, aussi. Nous en étions fous. C'était la dernière, Charles était bien plus âgé ; quand elle avait ton âge, lui était déjà un jeune homme, ce n'était pas pareil. Elle, c'était notre petite princesse. Si tu avais vu comme elle était habillée : elle était toujours la plus élégante, la plus jolie de sa classe. D'ailleurs, elle réussissait en tout ce qu'elle faisait, que ce soit des maths, du dessin ou du tennis. Tout le monde l'aimait. Quand elle avait quinze ans, elle avait toute une cour d'amoureux transis, « les prétendants », comme disait Maud... On pensait même... Et puis ça a été la guerre.

Henri s'est arrêté de parler. Plus envie de dire. Trop de choses tristes à revoir, sans doute. Pour toi aussi, des images surgissaient : la casquette d'officier sur la table, la veste grisâtre, la porte qui claque sur Élisa effarée, qui vient de surprendre le jeune couple... Eux, enlacés, interdits comme des enfants coupables.

« On rentre ? tu as dit. J'ai une de ces faims ! »

Vous êtes repartis ensemble, en silence. Mais, pour la première fois, tu as pris ton grand-père par la main.

Vous étiez à peine rentrés à Paris que Fanny est revenue, elle aussi ; un peu plus tôt que prévu. Tout ça s'est passé très vite. Trop vite pour toi ; dans la confusion.

Tu étais avenue de Suffren, occupée à regarder des photos au salon, quand on a téléphoné de la maison de repos. C'est Maud qui a décroché. À sa voix, tu as immédiatement su de quoi il s'agissait. Tu te rappelles encore le saisissement, l'inavouable contrariété que tu en as éprouvés.

Dès le lendemain matin, Élisa et toi, vous êtes allées attendre Fanny rue Saint-Antoine. L'accueillir.

La première chose que tu as vue, quand elle est arrivée, ce qui t'a tout de suite sauté aux yeux, c'est qu'elle était maquillée. Discrètement. Mais assez pour que tu le remarques tout de suite : la femme de l'Allemand ne se fardait pas. Du tout. Jamais.

Elle avait mis du rouge à lèvres, un rouge rose qui révélait le dessin de sa bouche, auquel tu n'avais jamais fait attention ; soulignait ce qu'il avait de volontaire, d'altier. Fanny souriait peu ; ses lèvres avaient, dans la rectitude de leur dessin, quelque chose de dur que tu découvrais maintenant. Et puis elle avait noirci et allongé ses cils, ce qui faisait ressortir la clarté sin-

129

gulière de son regard. C'était tout. Mais ça suffisait à la rendre autre.

Tu as vu cela avant même de juger de sa santé, de son équilibre, de constater qu'elle semblait parfaitement *guérie*.

Tu l'as seulement trouvée belle ; c'est cela qui t'a frappée, qui t'a étonnée, qui t'a dérangée. Cette beauté, curieusement, te mettait mal à l'aise. C'était une beauté qui vous était étrangère, qui apportait avec elle quelque chose d'inconnu. Étranger aussi le premier regard qu'elle a posé sur toi ; la façon dont, en entrant, elle a fixé ton visage, ton corps. Tu te rappelles ce moment : elle était encore sur le seuil de votre appartement ; elle arrivait ; elle avait monté les quatre étages ; Élisa venait de lui ouvrir la porte ; toi tu étais debout au fond de la pièce. Elle s'est arrêtée quelques secondes, comme ça, à te regarder. Ce petit silence, cette distance. Et puis elle a dit :

« Eh bien, Funny, tu ne m'embrasses pas ? »

Tu t'es avancée vers elle maladroitement ; elle s'est un peu penchée vers toi – pas beaucoup, tu étais maintenant si grande pour tes onze ans que tu arrivais presque à sa hauteur – et tu as senti qu'elle était parfumée. Autre nouveauté. Jamais, autrefois, Fanny ne se parfumait. Maintenant, elle était environnée d'une odeur sucrée, fleurie, excessive, à laquelle tu aurais du mal à t'habituer. Une odeur, qui, tout de suite, s'est installée dans l'appartement.

Elle portait à bout de bras un petit sac de voyage que tu ne connaissais pas, élégant, sans doute acheté par Élisa ; elle l'a posé sur le sol et s'est mise à faire, lentement, le tour de vos deux pièces, à la manière d'un visiteur curieux, examinant une chose, puis l'autre. Enfin, abruptement, sans pour autant interrompre sa visite des lieux, cette question, glaciale :

« Et alors, ces vacances avec Maud, c'était bien ? »

Ces mots-là. Juste ces mots-là, dans un grand silence.

Tu as fini par bredouiller, en rougissant, que, oui, c'était bien, enfin, pas mal. Tu te sentais misérable sous le regard clair qui glissait sur toi par intermittence, négligemment, comme si tu n'avais pas été plus intéressante que la lampe ou les assiettes qu'il détaillait ; sous la clarté aussi de cette voix, nette, tranchante, qui n'avait plus rien du caractère pâteux, informe, que la maladie, la dernière fois que tu l'avais entendue, lui donnait ; mais une voix qui n'était pas non plus celle de la femme enfant d'autrefois, de la Fanny de la tour Eiffel et des soirées au cinéma. Ni, certes, celle de la folie, la voix terrible, inoubliable, de la folie. Non, cette nouvelle voix était encore différente. Elle appartenait à quelqu'un d'autre. Quelqu'un que tu ne connaissais pas. Qui ne t'appartenait pas. Une autre Fanny. Encore une autre. Et tu la regardais avec un étonnement presque craintif, comme si, décidément, cette femme qui était ta mère était susceptible de toutes les métamorphoses, comme si elle était quelqu'un d'enchanté, ou d'enchanteur, comme si elle était un peu fée, ou un peu sorcière.

Élisa avait préparé le dîner, mis la table pour deux : elle a dit, toujours discrète, que, sans doute, vous vouliez être seules, qu'elle allait rentrer chez elle. Fanny ne l'a pas retenue.

Pour la première fois, tu aurais souhaité que la vieille dame reste avec vous.

Combien Fanny avait changé, ce n'est que le lendemain que tu en as pris pleinement la mesure. Ce n'était pas seulement qu'elle fût devenue une autre, elle était tout simplement devenue une femme, ce qu'elle n'avait jamais été, à tes yeux du moins. La fille insolente, bohème, un peu garçon manqué, que tu connaissais, celle qui était pour toi la femme de l'Allemand, c'est-à-dire la femme d'un mort, une veuve, une espèce de moniale, avait, semblait-il, disparu. La nouvelle Fanny était une femme. Une vraie femme. Une jeune femme. Tu n'avais, jusque-là, jamais pensé à ta mère comme à une jeune femme. Pourtant elle avait à peine trente ans.

Chose étrange pour toi de la regarder se maquiller, longuement, devant la glace, se coiffer, se vernir les ongles ; de l'entendre se lamenter, d'une voix artificielle, une voix de coquette, devant la pauvreté de sa garde-robe :

« Regarde-moi ça, Funny, je n'ai rien à me mettre ! »

Elle qui s'habillait autrefois si simplement, presque toujours en pantalon noir et pull-over, elle s'était acheté une de ces larges jupes à godets qu'on voyait alors dans les magazines, des corsages ajustés.

C'était d'ailleurs, à présent, le seul sujet de conversation qu'elle abordait avec toi.

Autre changement : elle t'a annoncé, dès le premier matin, qu'elle allait chercher du travail, mais pour de bon, cette fois, un vrai travail, pas un emploi misérable dans un grand magasin. Un métier où l'on reconnaîtrait ses compétences. Elle n'avait pas l'intention de *se laisser exploiter* : « Tu comprends, Funny, on m'a toujours exploitée ; cette fois, ça ne se passera pas comme ça ! » Elle s'emportait. Se grisait de mots. Tu l'écoutais s'exalter avec un peu d'inquiétude.

Ce qu'elle voulait, précisait-elle, c'était travailler avec des dessinateurs, en équipe. Cela aussi, c'était nouveau : Fanny avait toujours travaillé seule. Revendiqué sa solitude.

Elle te parlait de ses nouveaux projets, de son avenir, sur un ton singulier, un peu agressif, comme secrètement hostile. Des vacances avec les D…, de tout ce temps passé avec Maud et Henri, elle n'a plus rien dit. Pas posé de questions. Mais tu sentais bien que l'écart était là, dans ce voyage qu'elle avait sans doute éprouvé comme une désertion, une nouvelle trahison. Tu sentais qu'elle n'avait rien oublié. Le pacte tacite qui avait toujours existé entre vous était rompu.

Septembre s'écoulait doucement. L'été persistait, et Paris avait encore des airs de vacances : la rentrée des classes, alors, c'était le 1er octobre. Des enfants désœuvrés jouaient sur les marches de l'église Saint-Paul. Tu considérais tes bras et tes jambes encore bronzés en pensant à la plage. Tu t'ennuyais.

Fanny a demandé à Élisa de venir s'occuper de toi, te promener pendant qu'elle ferait ses démarches pour trouver du travail. Enchantée, la vieille institutrice t'entraînait dans des musées, des expositions, alors qu'il faisait si beau, pensais-tu : on ne t'avait pas consultée, et tu étais pleine d'amertume à l'égard de Fanny. Elle était partie le matin même, en robe d'été, rayonnante, quand toi tu allais errer à travers les salles ombreuses du Louvre et du musée Carnavalet, à la remorque d'Élisa et de ses ennuyeux commentaires.

Une fois, c'est Henri qui, à la place d'Élisa, s'est chargé de toi; il tenait à te montrer le musée de la Marine. Mais la complicité éphémère trouvée en Bretagne avait disparu : avec son costume de ville gris clair de monsieur comme il faut, Henri avait retrouvé sa maîtrise de soi et ses façons taciturnes. Il n'y a pas eu, ce jour-là, un mot à propos de Fanny. Entre deux explications techniques sur la voilure des frégates, il t'a demandé, l'air de rien, sans te regarder, feignant de s'intéresser de près à un cacatois, si, « aux vacances prochaines, tu aimerais encore partir avec eux ». Prudente, tu as répondu avec diplomatie et un peu d'amertume que cela dépendrait de Fanny. Tout, en somme, dépendait de Fanny, n'est-ce pas ?

Henri est revenu à ses explications érudites sur les bateaux du XVIIIe siècle.

Fanny, tu ne la revoyais plus maintenant que le soir. Elle rentrait d'ailleurs toujours plus tard. Tu la trouvais bizarre : elle se disait épuisée, mais le peu de succès, jour après jour, de ses efforts ne semblait pas la décourager : « Toujours rien », se contentait-elle de soupirer en se laissant tomber dans votre unique fauteuil (encore un transfuge de l'avenue de Suffren), mais son sourire épanoui démentait curieusement toute mauvaise humeur.

Un jour, avec un peu d'embarras, elle t'a annoncé que vous alliez avoir une visite. Une visite? La chose était tellement rare, ou plutôt tellement inusitée, puisque, chez vous il ne venait, il n'était jamais venu personne, que tu l'as regardée sans doute avec étonnement.

« Eh bien quoi? Oui, Funny-Face, une visite, ne prends pas cet air sot... »

Et alors, gauchement, elle t'a expliqué qu'il s'agissait d'un nouvel ami, quelqu'un qu'elle avait rencontré à la maison de repos, où il se remettait, lui, d'une opération. Il viendrait le dimanche suivant. Tu verras, Funny, il est très gentil. Il fait aussi du dessin...

C'est ainsi que François est entré dans votre histoire.

Tu n'avais, jusque-là, non seulement jamais connu d'ami à ta mère – encore moins d'amant –, mais pas même envisagé qu'elle pût en avoir. C'était pour toi proprement inimaginable. Non que le sujet des relations entre hommes et femmes fût tabou entre vous : à onze ans, tu n'ignorais rien de ce qu'on appelle les choses de la vie ; Fanny parlait de tout sans gêne aucune, sans fausse pudeur. Quand vous alliez au cinéma, elle n'interdisait aucun film – au grand scandale de Maud qui l'avait appris par Élisa – et vous débattiez ensuite longuement de ce que vous aviez vu. Mais si Fanny parlait de l'amour, elle ne le faisait pas : pour toi, elle était hors jeu.

Pour toi, Fanny était, elle restait *la femme de l'Allemand* : elle te l'avait dit et tu n'avais pas oublié. Elle n'avait pas connu d'autre homme avant l'Allemand, elle n'en connaîtrait pas après. Il semblait que ce fût, entre vous, un point acquis, dont il n'était plus besoin de parler. D'ailleurs, sa maladie confortait curieusement pour toi l'idée qu'elle était au-dessus de la réalité ; au-dessus de la norme. Fanny n'était, ne pouvait être comme personne.

Sa transformation physique aurait pu t'éclairer. Mais tu n'étais qu'une petite fille ; tu n'as d'abord vu

137

dans cette métamorphose que l'effet singulier du traitement médical qu'elle venait de subir ; ce qui n'était pas tout à fait inexact. Seulement le traitement incluait, apparemment, la rencontre de cet homme.

L'arrivée de François fut un bouleversement.

C'est un dimanche, veille pour toi de la rentrée scolaire, de cette fameuse entrée en sixième, attendue et redoutée, qu'il est venu à la maison pour la première fois. Juste le jour où tu aurais voulu préparer ce qui était à tes yeux un événement, en parler avec ta mère, lui demander toute son attention, cet homme surgissait, qui gâchait tout. Tu étais furieuse contre Fanny.

Elle avait préparé un déjeuner de fête. Un poulet rôtissait dans le four – c'était peut-être la première fois qu'elle se livrait à de tels préparatifs – et, toute rouge, elle s'activait, un torchon à la main, surveillant la cuisson avec une anxiété qui t'a paru ridicule.

Quand on a frappé à la porte, elle a voulu que tu ailles ouvrir toi-même, *ce serait plus gentil, je t'assure.*

Tu t'es exécutée, à contrecœur. La porte ouverte, tu as eu devant toi ce monsieur : un grand et assez bel homme, encore jeune, aux cheveux très noirs, coiffés en arrière et brillantinés, vêtu d'un costume de velours à côtes brun sur une chemise écossaise à col ouvert. Il avait les mains vides, de grandes mains un peu rouges qui lui pendaient gauchement le long du corps. Déplaisant et ridicule. Ton jugement a été immédiat et sans appel.

« Entre, entre donc », criait de loin Fanny, encore occupée de ses préparatifs.

Puis elle s'est essuyé les mains, est venue faire les présentations :

« François, Marion… »

C'était la première fois qu'elle employait ton prénom officiel, tu l'aurais juré, la première fois qu'elle ne t'appelait pas chérie, ou Funny-Face, ou Funny, mon petit Funny. C'était un peu comme si, toi, tu l'avais appelée *mère* ; comme si cette relation singulière entre vous, cette espèce de gémellité, cet amour-là, cet amour fou, était renié. Tu en étais toute saisie.

Ainsi, tu n'étais plus que Marion, sa fille. Plus son double. Quand cet homme était là, Funny disparaissait de la tête et du cœur de Fanny. Ou plutôt, quand il était là, Fanny restait seule en scène : toi, tu n'existais plus.

Que lui arrivait-il ? Tu la regardais s'agiter, minauder, et tu avais l'impression d'assister à une comédie. Pourquoi cette voix de petite fille, ces grimaces ? Cette façon artificielle de bouger, de faire le moindre geste ? Même sa manière de poser des assiettes sur la table était affectée. À quoi jouait-elle ? Voilà que, tout à coup, tu t'apercevais qu'elle ressemblait à Maud. Comment ne l'avais-tu pas remarqué plus tôt, dès son retour ? Et lui, le nouveau venu, qui se taisait, qui se tassait sur sa chaise, déplacé, mal à l'aise, semblait-il, avait presque quelque chose d'Henri. En moins distingué.

Mais ce qui était différent, ce qui ne prêtait pas à rire et te gênait bien autrement, c'était le jeu des regards entre eux, celui qu'il portait sur elle et celui qu'elle lui rendait. Tu savais. Tu avais vu cela au cinéma.

Cela, cela seul, en réalité, faisait mal. Tu les as détestés.

À table, Fanny a trouvé que tu n'avais pas beaucoup d'appétit.

L'après-midi, quand elle a proposé une promenade à trois aux Tuileries, tu as prétexté d'avoir à ranger tes nouveaux livres et ton cartable pour le lendemain. Elle n'a pas beaucoup insisté. Et toi, tu les as vus partir avec soulagement.

De la fenêtre, rappelle-toi, tu les as regardés s'éloigner vers la rue de Rivoli. Ils marchaient très près l'un de l'autre, du même pas. Parfois, tout en parlant, l'un des deux regardait l'autre, longuement. On voyait bien que cet homme et cette femme formaient un couple.

Ta vie, maintenant, est au lycée. Ta vraie vie. Ta vie à toi. Tu essayes de ne pas penser aux histoires de Fanny, à ses amours, ses folies, sa folie. Tu l'oublies comme elle t'oublie.

Elle a finalement trouvé du travail dans l'atelier de dessin de mode où travaille aussi ce François. Elle est ravie, dit-elle. Le soir, elle rentre tard. Le dimanche, François vient à la maison.

Tu vas au lycée Victor-Hugo, rue de Sévigné, tout près de chez vous. Tu y as retrouvé quelques filles de ton école, mais, par chance, elles ne sont pas dans la même classe que toi, car toi tu fais du latin et de l'allemand; c'est ce que tu as choisi : l'allemand. La plupart des élèves suivent les cours d'anglais.

Dans ta classe, tu ne connais encore personne. Ici, on ne saura peut-être pas que, de temps en temps, ta mère est folle. D'ailleurs, n'est-elle pas guérie? Elle parle comme tout le monde; elle vit comme tout le monde. Elle semble vraiment tout à fait normale en ce moment; banale même; extrêmement banale : jusqu'à être amoureuse d'un homme vivant.

Non, ici, personne ne saura non plus que tu es la fille de l'Allemand. Mais ça, même à ton école, on ne le savait pas. Ça, c'est le grand secret. Ton secret. Personne ne le connaît. Juste Maud, Henri, Élisa, Fanny et toi. Ton histoire, c'est une histoire invisible. À peine si elle a existé, ton histoire. D'ailleurs, même Fanny l'a oubliée.

Au lycée, le premier jour, on vous a demandé, à chaque cours, de remplir des fiches de renseignements : nom de famille, prénom, date de naissance, adresse, profession du père, éventuellement de la mère.

Pour la profession du père, après réflexion, tu as mis : décédé. Au moins, comme ça, on ne voit pas cette autre chose que tu dois cacher, à savoir que, de père, tu n'en as pas, même allemand, puisque personne n'a jamais épousé ta mère. Fanny t'a expliqué un jour qu'elle était *fille-mère*, comme on dit, paraît-il. Elle trouve d'ailleurs l'expression très jolie et t'affirme qu'il ne faut pas en avoir honte. Mais toi, tu sais que les choses ne se passent pas comme ça, et, prudemment, tu as toujours dit que ton père était mort. D'ailleurs, c'est la vérité.

Tu aimes beaucoup l'allemand. Tu as tout de suite de très bonnes notes. Le professeur dit que tu as une très bonne prononciation : elle s'étonne !…

Ce n'est donc pas écrit sur ton nez, tes yeux bleus, tes cheveux blonds couleur paille, que tu es allemande ?

Fanny, elle, a semblé un peu surprise, peut-être même un peu contrariée – autrefois, as-tu pensé, elle ne l'aurait pas été – que tu choisisses cette langue : en anglais, j'aurais pu t'aider, a-t-elle dit ; mais en allemand ? En effet, elle n'en sait pas un mot. Dit-elle. Mais elle t'a laissée faire. Elle ne t'a pas demandé d'expliquer ton choix ; et tu n'en avais certainement pas envie.

Avenue de Suffren, en revanche, ils ont été scandalisés. Pas contents, les D… Maud en a pleuré. Tante Élisa a baissé le nez. Henri s'est fâché ; et puis, au bout d'un moment, il a déclaré qu'après tout, avec la politique de réconciliation en cours, ce serait une bonne chose de connaître cette langue, qu'il y aurait des débouchés économiques et commerciaux, etc.

Ensuite, vous avez parlé d'autre chose, et l'allemand a été une affaire classée.

Jamais tu n'as été aussi étrangère à Fanny.

Jamais non plus tu n'as vécu avec une pareille insouciance.

Au lycée, tu es chez toi ; tu te sens bien, beaucoup mieux qu'à la maison.

Tu aimes beaucoup que les professeurs vous appellent « Mademoiselle », usent du voussoiement : tu aimes cette distance, tu aimes qu'on ne sache pas qui tu es réellement.

Tu aimes changer de classe à chaque cours : changer de professeur, c'est à chaque fois comme changer de mère. Avec les filles aussi tu te tiens à distance : elles ont, ici, un petit air supérieur qui t'arrange bien. Ici, tu ne feras pas le clown : tu es une autre. Tu n'es même plus le Funny-Face de Fanny ; tu ne seras le Funny-Face de personne.

Au cours d'allemand, tu penses à l'Allemand. Tu t'appliques à bien articuler, à bien prononcer, comme il aurait aimé. Tu prends possession des mots qui étaient les siens. Tu les fais sonner fièrement. Personne ne dit mieux que toi le *ich*, le *gemütlich*, que les autres filles ne parviennent pas à débarrasser d'une gangue de lourdeur ; les tiens sont exquisément légers. Le professeur te félicite : les filles te regardent avec envie et tu rougis comme une amoureuse. Elles ne peuvent pas savoir que c'est un secret entre ton père et toi.

Tu déjeunes au lycée, dans une grande salle ornée de glaces où tu te regardes, l'air de rien. Dans certaines classes aussi il y a des miroirs, car ce sont les anciennes chambres ou les anciens salons d'un vieil hôtel particulier transformé en établissement scolaire. Tu prends plaisir à te regarder : on dirait que tu changes à vue d'œil ; on dirait que tu n'es plus laide ?

Quand tu rentres à la maison, vers cinq heures, Fanny n'est pas là. Elle n'arrive jamais avant sept ou huit heures ; quelquefois plus tard. Ce moment de solitude ne te déplaît pas. Tu fais tes devoirs ; tu regardes par la fenêtre les gens passer dans la rue Saint-Antoine. Tu regardes le ciel, les nuages qui glissent doucement au-dessus de l'église Saint-Paul, tandis que le soir descend. Tu aimes la mélancolie des sept coups de sept heures qui sonnent lentement. Tu aimes l'attente. Tu aimes l'idée que l'hiver va commencer, avec la magie des lumières du soir, de la neige, de la nuit. Tu penses à tant de choses à vivre. Tu es heureuse sans savoir pourquoi.

De Fanny, non, tu ne sais plus rien. Et ça n'a pas d'importance.

Peut-être un peu plus d'une année comme cela. Une année facile. Une année pour toi d'insouciance, de rêverie vague. Une année confortable : Fanny ne s'est jamais mieux portée ; elle n'a jamais été aussi *sage*, comme elle disait : pas d'excentricités, pas de chants inquiétants, pas d'écarts de langage, pas de violon nocturne, pas de larmes. Elle est normale. Elle travaille. Elle a même un amoureux. De cette liaison, toi, tu ne t'occupes pas ; ça ne te regarde pas. Et puis François, heureusement, n'habite pas avec vous : pour toi, c'est l'essentiel. Toi, tu as ton lycée, et tes rêves.

Fanny n'a pas encore dit à François que ton père est allemand ; que, ton père, c'est l'Allemand. Tu es censée être la fille d'un Français quelconque, qui l'a, comme on dit au cinéma, séduite et abandonnée ; un de ces garçons qui vous font des enfants, comme ça, paraît-il, et puis s'en vont. Elle t'explique son silence, un soir que vous êtes seules.

« Tu comprends, Funny, François l'a faite, la guerre. Il sait ce que c'est, les Allemands... Avec tout ce qu'il a souffert, je ne peux pas lui dire la vérité, il ne comprendrait pas. Je lui ferais horreur. »

L'inoubliable expression de Fanny disant cela ; l'humilité de son attitude, de sa voix. Et pour toi l'humiliation de cette humilité.

Bien sûr que tu comprends. De Fanny, tu peux tout comprendre.

Il n'est pas méchant, ce François ; il est même assez gentil. Et puis, il dessine bien : un jour, il a fait ton portrait, un joli croquis dont tu es très fière.

Mais, quelquefois, tu te demandes avec un peu d'inquiétude ce qui se passera s'il veut épouser Fanny. C'est à coup sûr ce qu'elle souhaiterait, elle.

Tu grandis toujours. Tu as presque treize ans. Tu deviens une femme : Fanny en a été tout étonnée ; elle t'explique comment se passent ces choses-là. Elle n'en revient pas de voir la façon dont tu te transformes, grande comme tu es, avec ces drôles de petits seins qui te sont venus, ce visage qui n'est plus tout à fait celui de l'enfance. Maintenant, elle t'appelle de plus en plus souvent Marion, même quand vous êtes seules, et ça ne te fait plus de peine. Tu es Marion. Elle est ta mère. Une mère presque comme les autres. Une mère conforme.

Un soir, Fanny est rentrée en larmes. Elle s'était disputée avec François ; apparemment, c'était la première fois ; elle n'a pas voulu te dire pourquoi. Toi, tu as tout de suite vu que c'était grave, qu'elle avait été touchée, blessée. Mais, malgré toutes tes questions, elle est restée muette. Elle pleurait comme une petite fille. Et, dans ses yeux redevenus transparents, tu retrouvais avec inquiétude quelque chose des anciens orages, cette lumière-là.

Le dimanche suivant, François est venu déjeuner, comme d'habitude. Fanny faisait la cuisine dans la grande pièce. Toi, tu travaillais dans la chambre, à la petite table que vous aviez mise sous la fenêtre pour te servir de bureau.

François est entré négligemment dans la chambre. La porte était ouverte.

« Ne te dérange pas, a-t-il dit. Qu'est-ce que tu fais ? »

Tu étais en train de recopier une carte de l'Égypte ancienne. Il a trouvé que ce n'était pas mal, mais a voulu corriger un détail. Pour ça, il s'est placé derrière toi, et, pendant qu'il rectifiait un contour de la main droite, voilà qu'il appliquait la gauche sur ta petite poitrine. Tu as sursauté, t'es levée d'un coup, rouge de honte. Et lui, t'attirant à la lumière :

« Montre-moi donc tes yeux, toi… Mais dis donc, c'est vrai ! Si ce ne sont pas des yeux de Boche, ça ! »

Au même instant Fanny est arrivée. Je ne sais pas si elle avait entendu. Elle avait en tout cas compris. Elle était toute pâle.

Elle t'a d'abord attirée à elle, et puis elle a dit à François, d'une voix blanche, qu'il n'avait plus rien à faire là. Qu'il pouvait partir. Tout de suite.

Elle ne criait pas. Elle parlait tout doucement, avec une espèce de difficulté. Il y avait juste ses mains qui tremblaient, et le coin de sa bouche. Elle ne pleurait pas. Elle n'a pas pleuré.

François a ricané en la regardant. Il est parti en claquant la porte. On ne l'a plus revu. Jamais.

À la cuisine, le déjeuner avait brûlé. Fanny t'a emmenée au restaurant.

Ce jour-là, à table, vous n'avez pas beaucoup parlé. Tu la regardais et tu la trouvais très belle, ta mère. Mais d'une autre beauté, l'ancienne. Et en même temps que la tendresse retrouvée qui te bouleversait, c'est de l'angoisse que tu t'es mise à éprouver tout à coup, pour elle, pour vous.

Tu avais croisé son regard.

C'est ici, en effet, que l'histoire commence véritablement. Que ce temps-là s'installe. Ce temps de folie. Le temps de la folie.

Tu n'as pas compris clairement ce qui se passait. Juste senti, dans son regard, fugitivement, qu'il arrivait quelque chose, qu'un mouvement naissait en elle, qui t'échappait, qui lui échappait.

Au début, elle est restée mystérieuse, taciturne, avec un drôle de sourire. Et puis, tout doucement, cela a commencé. C'était comme la lente arrivée d'un orage.

Tu n'es alors qu'une enfant, ignorante, maladroite. De cette maladie, tu ne sais rien ; tu ne peux t'appuyer que sur ce que tu as vu, les crises dont tu as été témoin, et qui t'ont à ce point traumatisée que ton jugement en est sans doute faussé. Tu n'as sûrement pas fait, pas dit ce qu'il aurait fallu alors. Tu avais trop peur : d'elle, des autres, de *ça*.

Après sa rupture avec François, Fanny n'avait plus voulu retourner à l'atelier. Elle ne s'est pas exprimée tout de suite. Mais il y avait dans son silence une âpreté étonnante.

C'est venu tout d'un coup, quand elle t'a parlé. Fébrilement. Sans plus pouvoir s'arrêter. Elle t'a dit combien cet endroit où elle avait travaillé avec François lui faisait maintenant horreur. Peur aussi. Elle était dans l'angoisse et la colère, comme un enfant qui ne veut pas retourner à l'école, pas revoir l'endroit où on lui a fait mal, où on a été injuste, cruel avec lui.

Plus jamais, jamais je n'y retournerai. Je ne veux pas. Ce n'est pas possible. Tu comprends, Funny, que ce n'est pas possible, que je ne peux pas ?

Tu lui as déjà connu ce ton enfantin, cette peur des autres, cette manière puérile de te prendre à témoin, de demander en quelque sorte ta protection.

Elle ne veut pas revoir ceux qu'elle appelle maintenant « ces gens-là », François et ses amis, et même ce patron qu'elle aimait bien, qui appréciait son travail. Elle te le dit. Elle te raconte tout, comme si tu étais une adulte.

Ma chérie, dit-elle. *Mon petit Funny.* De nouveau, tu n'es plus Marion, tu es son amie, comme avant, la deuxième de la bande Fanny-Funny, la complice. *Tu verras, mon Funny, ce que nous ferons à nous deux.*

Cette complicité, d'abord, ne te déplaît pas ; cet élan de tendresse te touche ; tu es heureuse de retrouver vos dîners à deux dans le petit appartement. Elle parle, elle parle de plus en plus longtemps, et tu l'écoutes encore. Elle tient des discours sur la vie, sur les hommes. Elle proteste, dénonce. Et, bizarrement, ce n'est pas de cet homme, François, qu'elle se plaint, mais des hommes en général, comme si elle en avait connu beaucoup, elle, la solitaire, la moniale. Elle disserte, elle brasse des idées, elle dit n'importe quoi, elle s'exalte. Tu commences à penser qu'elle parle trop. Elle juge les hommes de ses lectures, ceux des films que vous avez vus ensemble. Elle s'attendrit sur toi, qui es une fille, *qui seras une femme*, ce qui te met mal à l'aise. Elle te donne des conseils. Elle parle de tout. Elle est devenue une machine à paroles. Elle est insupportable.

Elle parle de ses soucis d'argent, qui, bien sûr, sont revenus avec son brusque départ de l'atelier, et en rit nerveusement. Et là aussi elle émet des théories à propos du travail, de l'argent ; de ceux qu'elle appelle en bloc les bourgeois. Elle s'emporte. Passe de la colère à l'exaltation. Elle va vendre ses dessins, elle en est sûre, elle va leur montrer ce qu'elle est. *Tu verras, Funny, tu verras…*

Bientôt, le soir tombe sur la table avant que vous ayez allumé. Dans l'ombre qui l'entoure, la pâleur de Fanny te frappe, l'éclat de ses yeux un peu trop clairs, dont l'un semble imperceptiblement plus haut que l'autre. Ses mains s'agitent, ses mains dont les doigts fins se terminent par de petits ongles pointus qui t'évoquent des griffes.

Elle se met à parler trop fort. Ne semble pas s'en rendre compte. *Pas si fort, maman, je t'entends. – Fort ? Je ne parle pas fort ! Et puis je parle comme il me plaît, ma chérie.*

Le ton monte quand elle aborde certains sujets, les mêmes, toujours les mêmes. Et, par moments, sa voix déraille un peu, un instant, part dans les aigus ou les basses, presque comme cette nuit-là, cette nuit qui n'a jamais cessé d'exister pour toi, cette nuit d'il y a longtemps. Ici, ce n'est encore qu'une note, insolite, qui fait sursauter.

Il arrive aussi, à un moment ou à un autre de la journée, qu'elle se mette à fredonner, ou, plus exactement, à chantonner, comme pour elle-même, comme en secret : et c'est la manière dont elle le fait que tu n'aimes pas, cette voix sourde qu'elle prend, trop basse, comme si elle se cachait, et cet air rusé, oui, on peut dire rusé, faux, qu'on lui voit alors. Et le choix des chansons.

Tu frissonnes quand, pour la première fois, tu la réentends doucement fredonner *Le Temps des cerises*, se mettre en voix comme une machine qui lentement s'échauffe, cherche son rythme, le trouve… Tu es dans l'effroi, et en même temps dans la fascination de comprendre.

Elle détache les paroles de façon si triste et si violente, elle leur donne un tel sens que tu en es bouleversée. Il n'y a pas une de ses intentions secrètes qui t'échappe, et c'est insupportable. Tu as mal de sa folie, de ce trop de beauté et de chagrin.

Quand refleurira le temps des cerises…
Les belles auront la folie en tête
Et les amoureux du soleil au cœur…

Oui, elle chante cela, très doucement, lentement, en pesant les mots. Et c'est follement inquiétant, ce chant de passion proféré ainsi, avec cette fausse douceur, comme une rumeur sourde dont on peut penser qu'elle va s'amplifier, éclater bientôt, on ne sait quand, mais bientôt. Ce chant dont, alors, tu ignores qu'il était celui des communards de 1871, le chant de la révolte. Ce chant dont tu éprouves d'instinct la force et la beauté. Dont tu sens la signification et le danger pour Fanny. Dont tu devines que, pour elle, il peut devenir une arme. Contre toi.

Car en fait c'est cela : ce n'est pas tant pour Fanny que tu as peur, c'est pour toi.

Bien sûr qu'il va arriver quelque chose. Tu le sais et elle le sait. Et elle sait que tu le sais. Elle se donne un mal fou pour te cacher qu'elle va mal, que la chose grandit en elle, comme une bête qui serait là, tapie, silencieuse, aux aguets. Car, même si elle se fait pour le moment toute petite, elle est bien là, la folie, cette folie-là : c'est elle qui regarde parfois à travers les yeux de Fanny, elle qui laisse échapper une note discordante dans sa voix.

Oui, il y a tous ces signes qui ne trompent pas, le regard méfiant, agressif, les brusques silences, les sourires faux, les rires incongrus, et surtout le retour de l'exaltation amoureuse ou mystique : elle reprend inlassablement ces thèmes qu'elle associe, entrelace bizarrement, celui de l'amour fidèle et celui du Dieu vengeur, de la passion et de la justice.

Cela t'exaspère, tu voudrais qu'elle s'arrête. Et quand, dans ta sottise, tu lui dis de faire attention, de se calmer, elle redouble de dissimulation. De tendresse à ton égard, mais d'une tendresse obséquieuse et fausse, comme si elle avait peur de toi. *Ne t'inquiète pas, ma chérie, je serai sage, je te promets d'être sage, comme une image.* Elle rit. Elle rit de ces associations de mots bêtes. Elle rit d'elle-même. De toi. De tout.

Alors tu sens la colère monter en toi avec l'angoisse. Tu ne peux rien faire. Elle va gagner. Elle a déjà gagné parce qu'il y a en elle cette chose, cette force qui lui vient d'on ne sait où, d'ailleurs, de *ce lieu-là*.

Elle s'est remise à l'italien, qu'elle avait étudié au lycée. Et voilà qu'elle déclame des passages entiers de *La Divine Comédie*, plus précisément des passages de l'*Enfer*, tantôt en italien, tantôt en français. Elle a toujours le livre avec elle ; il est maintenant tout abîmé, ses pages toutes froissées. Elle l'ouvre brusquement et lit tout haut un passage, ou le traduit : tu ne comprends pas les paroles, mais tu as peur du ton qu'elle prend, peur de cette incantation, peur de son regard, peur de cette fièvre qui monte en elle. Elle prétend que sa vie, sa *maladie*, traverse les cercles de l'Enfer dont parle Dante ; qu'elle est damnée.

Un jour, comme tu t'apprêtes à partir pour le lycée, elle te lance, sur un ton mélodramatique, qui, en d'autres circonstances te ferait rire :

« Va, ma fille va, quitte-moi !... » Et puis elle déclame :

« *Par moi l'on va dans la cité des pleurs, par moi l'on va dans la douleur éternelle, par moi l'on va chez la race damnée...* »

Et, ce disant, elle te jette un regard si terrible que tu t'enfuis, toute saisie, soulagée de la quitter, effrayée de la laisser seule.

Le dimanche, tu n'oses plus aller chez Maud de peur d'avoir à parler, de te laisser aller à raconter ce que tu sens qu'il faut taire : si tu parlais, *ils* l'enverraient à l'hôpital. À Élisa, elle, tu sais que tu pourrais demander conseil, qu'elle est une alliée, parce qu'elle aime Fanny. Mais depuis quinze jours, justement, elle a la grippe et ne vient plus. C'est elle qui t'avait expliqué que si Fanny était internée dans certaines conditions elle ne pourrait plus sortir de l'hôpital. Mais peut-être que tu as mal compris ?

Alors, lâchement, tu attends. Tu espères, contre toute attente, que les choses s'arrangent.

Cette nuit encore, elle ne dort pas. Elle se lève, marche, va fourrager du côté de la bibliothèque, dans l'autre pièce ; puis tu entends le bruit caractéristique de l'ouverture des boutons-pressions de l'étui à violon ; et voilà qu'elle accorde ; qu'elle se met à jouer ; atrocement mal : crincrin, abominable crincrin, mais surtout grincement fou, violent, méchant, qui t'angoisse, te terrorise. D'instinct tu sens qu'il faut l'interrompre, arrêter ça, comme si, cette musique, ce charivari, c'était la grande ouverture de la folie, le laissez-passer de tout le reste. La rage te prend, te met debout, te précipite à côté, vociférant que, le lendemain, tu as cours, toi, que tu as besoin de dormir, que c'est insupportable, que tu en as assez ! Et cette grosse colère te fait du bien, parce qu'elle masque ton angoisse, couvre la chamade de ton cœur quand tu as compris que ça recommençait bel et bien. Elle t'écoute, l'air faussement sage, mais tu connais ses ruses ; elle range le violon dans son étui, avec application ; le remet en place soigneusement, lentement, avec une lenteur voulue, exaspérante. Tu lui dis d'éteindre la lumière, de se recoucher tout de suite.

« Oui, chef. À vos ordres, chef », susurre-t-elle ironiquement.

Et dans cet instant tu la détestes. Tu détestes sa fausseté, la sottise de son ironie ; son regard moqueur, et pas seulement moqueur, haineux ; car tu sens bien que tu es à ses yeux l'adversaire, la raison, la normalité, ces choses-là, tout ce qu'elle appelle de façon indifférenciée l'esprit bourgeois, *sale petite bourgeoise, Funny, avec tes idées raisonnables.* Mais surtout tu détestes ce que tu éprouves comme une force mauvaise en elle, une sorte de bête sauvage qui, tu le sens, ne cesse de s'enhardir, va passer à l'attaque, est là, dressée…

Elle a obéi ; elle s'est recouchée dans son lit. Tu te glisses dans le tien ; tu te calmes ; tu te tranquillises un peu, peut-être t'es-tu exagéré les choses, peut-être que ce n'est pas si grave. Tu t'endors. Tu rêves.

Tu es très loin de votre chambre, très loin de Fanny, très loin de ce monde d'effroi où tu ne veux pas entrer, que tu refuses de toutes tes forces.

Ton rêve est d'une grande douceur ; un personnage inconnu, un homme dont tu ne vois pas le visage, vient te chercher, te conduit dans un jardin étrange, semé d'allées labyrinthiques et de bosquets ; vous vous asseyez sur un banc, il se penche vers toi… Mais, au même instant, tu éprouves la présence physique de quelqu'un d'autre, tout près, menaçant, quelqu'un de bien réel dont tu sens la respiration sur ton visage : tu pousses un cri…

Fanny est là, assise sur le bord de ton lit, penchée au-dessus de toi.

« Eh bien quoi, mon ange ? Je ne peux pas te regarder dormir ? Une maman n'a pas le droit de regarder dormir son enfant ? »

Dans la pénombre, tu ne distingues que son regard ; et ce regard, ce regard que tu as senti comme une menace et qui t'a fait crier de peur, ce regard dur et fuyant à la fois, ce regard faux, ce regard fou, c'est celui de l'Autre. L'autre Fanny, celle qui, tu le comprends maintenant, n'a jamais cessé de dormir en elle, obscurément, attendant le moment de se lever. De prendre le pouvoir.

Et celle-là, tu la hais, de toutes tes forces.

La bête mauvaise, c'était elle. Depuis le premier jour.

Est-ce après cette nuit-là que tu as refusé de dormir dans la même chambre qu'elle ? Que tu lui as demandé, puisque ton bureau est dans cette pièce, de transporter son lit dans l'autre ?

Elle accepte. Je vous revois, poussant le petit divan jumeau du tien dans la salle à manger, l'installant le long du mur, avec des coussins, à la façon d'un canapé. Elle accepte, et tu n'as pas même honte de lui imposer ce déménagement. De la chasser. De la traiter en intruse. Elle, Fanny, ta mère. Elle accepte, avec cette humilité que tu lui as vue quelquefois, que tu détestes et qui t'attache en même temps à elle si étrangement. Elle accepte ; et c'est comme si, pour la première fois, elle reconnaissait votre séparation ; comme si, pour la première fois, elle te voyait partir.

Tu penses à l'Allemand. C'est peut-être de lui que tu rêvais l'autre nuit, quand Fanny t'a fait si peur. C'est de lui, sans doute, que tu attendais une espèce de recours. Lui qui t'emmenait.

Tu imagines parfois que, peut-être, il n'est pas mort. Qu'il est revenu de Russie. Qu'il existe quelque part. Qu'il va arriver. Alors tout changerait ?

Tu parles maintenant si bien allemand : tu es la meilleure de la classe. Le professeur t'a demandé si tu avais déjà fait un séjour là-bas ? Si tu avais l'occasion de parler allemand ? Non, Madame, tu as dit, en te sentant rougir sous le regard des autres filles. Alors le professeur a ajouté que, si elle entendait parler d'une possibilité de bourse pour un voyage, un séjour là-bas, elle t'en parlerait. *Ta mère serait d'accord ?*

C'est tout. C'est tout ce qu'elle a dit. Et tu n'as plus rien écouté du reste du cours.

L'endroit du monde où tu voudrais le plus aller, c'est Heidelberg. Un jour, autrefois, Fanny t'avait dit – peut-être aviez-vous rencontré le mot dans une histoire – que ton père avait fait ses études à Heidelberg. Tu n'as pas oublié. Heidelberg. Ce nom t'est musique.

Dans un livre, tu vois qu'il y a, sur la montagne, un vieux château, avec des remparts moyenâgeux, un chemin de ronde, au-dessus d'une ville aux maisons roses et grises ; des ruelles étroites qui s'en vont en tournant ; il passe là une mince rivière qu'enjambent des ponts minuscules ; elle borde des cabarets aux fenêtres à petits carreaux dorés.

Un jour, peut-être, il t'emmènera là-bas.

Il sera étonné de voir comme tu parles bien. Étonné de ta prononciation. Du bleu de tes yeux. De tes cheveux pâles. Il verra à quel point tu es sa fille. *Seine Tochter.* Il dira que tu es sa Lorelei. Son enfant chérie.

Tu bats la campagne. Tu sais bien que ton père est mort.

Tu aurais envie, maintenant, que ta mère te parle de l'Allemand, comme elle faisait, parfois, quand tu étais petite, quand elle t'expliquait l'amour d'Édith Schiele. Mais ce n'est pas vraiment le moment. C'est même impossible, ça la rendrait tout à fait malade. D'ailleurs, elle est si folle que tu ne supporterais pas ce qu'elle te dirait, la façon dont elle le dirait. Tu ne veux en aucun cas entendre des choses folles à propos de l'Allemand.

Pourtant, tu as un si grand besoin de savoir. Même de la bouche d'Henri ou de Maud tu voudrais entendre parler de l'Allemand. Trouver de petits détails qui le rendent vivant. Qui te permettent de l'imaginer.

Tu retrouves de vieux journaux ; des photos de l'Occupation. Tu regardes attentivement le visage des jeunes soldats allemands. Ceux qui sont beaux et qui ont l'air gentil. Tu te dis que ce pourrait être celui-ci, ou celui-là.

Tu en élis un. Pour un temps, il sera l'Allemand.

Tu découpes le petit carré de papier jauni où s'inscrit son visage. Tu le caches dans ta trousse d'école. Il est partout avec toi.

Au fond, c'est toi, maintenant, la femme de l'Allemand.

Tu as maintenant une chambre à toi, mais tu n'es pas pour autant tranquille. C'est que Fanny ne dort toujours pas. Tu l'entends, la nuit, se relever. Tu vois, sous la porte que tu avais soigneusement fermée entre vous, le rai de lumière de la lampe qui vient de s'allumer. Elle marche dans la pièce. Fébrilement. Elle froisse des papiers. Malgré ton interdiction, elle se remet à laver du linge dans l'évier. Ce bruit de l'eau qui coule, ce bruit familier qui te réveille en sursaut dans le silence de l'immeuble, comme tu le hais. Comme tu le reconnais. C'est toi qui te lèves alors, qui l'obliges à retourner se coucher. Elle obéit. Elle obéit faussement. Elle fait semblant, parce qu'elle a peur de toi, parce que tu es *de leur côté*, comme elle dit.

Mais quand tu lui demandes de prendre des médicaments, de voir le médecin, elle refuse, nettement, violemment. Le regard qu'elle te jette alors, l'accusation que tu peux y lire ! Elle se souvient parfaitement de la promesse que tu lui avais faite et que tu n'as pas tenue.

« Tu ne me mentiras pas une seconde fois, Funny, te dit-elle, menaçante. Pas cette fois. »

Elle est à la fois effrayante et ridicule. Elle t'exaspère. Tu n'insistes pas. Qu'elle fasse ce qu'elle veut.

Un jour, elle te dit, avec ce regard fou qui lui vient de plus en plus souvent et sur ce ton grandiloquent, ridicule et terrible qu'elle prend alors : *méfie-toi, ma fille, méfie-toi !* Sa voix, son aspect, mais aussi l'inadéquation de la phrase à ce qui l'avait amenée te glacent.

Une nuit, tu dors profondément. Mais tu entends confusément dans ton sommeil un grincement : tu ouvres enfin les yeux, et là, sur le seuil de la porte qui s'ouvre lentement, apparaît Fanny, théâtrale. Tu pousses un hurlement :

« Non, maman, non ! »

C'est un cri de terreur, de répulsion.

« Mais, ma chérie, te dit-elle, avec une douceur affectée, tu es complètement folle ! »

Et elle s'en va ; tandis que toi, en nage, tu ne parviens pas à te justifier de ce qui t'est apparu comme un cauchemar sans égal.

Au lycée, tu as une amie. Elle est assise à côté de toi au cours d'allemand, et vous déjeunez ensemble à la cantine. Elle s'appelle Anne. Anne Schulmeister : elle est alsacienne et vient de Colmar. Elle est très bonne en allemand, mais elle emploie certains mots bizarres, qui font rire les autres. Le professeur sourit aussi quand elle parle et la corrige, ce qui ne lui plaît pas du tout. Elle t'explique pourquoi avec sérieux. Elle est fière de son dialecte alsacien ; elle déteste les Allemands, et tu te sens rougir en l'écoutant parler de ce que ses parents lui ont raconté. Rien de plus raisonnable que cette fille-là, rien de plus dissemblable de toi.

Mais tu l'aimes bien, cette Anne aux cheveux blonds comme les tiens, qui semble tenir à ta compagnie, qui t'accueille le matin si gentiment quand tu arrives en retard, te raccompagne le soir jusqu'au coin de la rue Saint-Antoine, avant de partir dans l'autre direction, vers l'Hôtel de Ville. Elle habite rue François-Miron, une vieille rue qui s'en va en tournant, après Saint-Paul, derrière la rue de Rivoli. Une fois, tu la raccompagnes jusque devant chez elle. Elle te montre des fenêtres au troisième étage : « J'habite là, te dit-elle. Devant, ce sont les fenêtres de la salle à manger et la chambre de mes parents ; mon frère et moi, nos chambres donnent sur la cour. *Un jour tu viendras, dis ?* »

Une curiosité te prend d'entrer dans cet univers-là. De connaître cet appartement. Les gens de cette famille. Une famille. Et, en même temps, tu éprouves la petite morsure de comprendre que tu ne pourras pas, toi, tu le sais bien, inviter ton amie. Mal à la pensée qu'elle pourrait découvrir Fanny telle qu'elle est en ce moment. Telle qu'elle restera peut-être toujours. Mal aussi en imaginant qu'elle apprenne qui est ton père, elle, la petite Alsacienne patriote. Et pourtant, c'est à elle, à elle seule, que tu aimerais en parler ; que tu aimerais parler de tout cela.

Alors tu gardes le silence. Bouche cousue, plus que jamais.

Fanny ne t'aime pas. Elle ne t'aime vraiment pas. Tu surprends son regard, parfois, fixé sur toi, sans aménité. Elle t'examine. Te juge. Et toi, tu te sens comparaître.

Ce qu'elle te reproche, tu ne le sais pas tout à fait ; tu le sais un peu ; tu le devines : c'est, bien sûr, de l'avoir trahie, de l'avoir laissé hospitaliser ; d'avoir peut-être même été à l'origine de cette hospitalisation ; d'avoir été celle qui, par médecins interposés, lui a fait subir la torture des électrochocs, l'a fait asseoir sur cette plaque métallique, a serré autour d'elle ces lanières de cuir, a déclenché en elle cet atroce sursaut, cette inextinguible brûlure.

Mais il y a autre chose. Autre chose depuis que François est parti. Et parti par ta faute. Autre chose qui fait qu'elle détaille ton visage, ton corps, avec une espèce de curiosité mauvaise. Oui, c'est cela que tu ressens sous ce regard, cette détestation de ce que tu deviens : une femme. Une autre femme.

Vous ne vous parlez pas. Vous ne vous parlez presque plus. Tu t'enfuis au lycée, tu t'y réfugies, loin d'elle, loin de ce quelque chose qui grandit en elle, que tu sens là, menaçant, prêt à surgir, et que tu essaies désespérément d'oublier. Mais quand tu rentres, rien n'a changé. Fanny est là, agitée, étrange, de plus en plus inquiétante. Hostile.

« C'est toi ? Tu en as mis du temps à rentrer, aujourd'hui ! »

C'est tout ce qu'elle dit. Ensuite, elle se détourne, se met à chantonner en remuant des casseroles, des objets, ou en déplaçant ses livres, ses affaires, ce qui lui tombe sous la main ; elle s'agite, fait du bruit, occupe la scène comme si elle jouait un rôle. Toi, tu as déjà filé dans ce qui est maintenant ta chambre et tu fais semblant de travailler.

Quelquefois, après s'être maquillée avec soin, elle sort en claquant la porte ostensiblement, très fort, sans un mot. Tu l'entends dévaler l'escalier en chantant.

Et puis il y aura cet après-midi de juin, très chaud, où, en rentrant du lycée, tu la trouves toute tremblante, parcourue de tics, les yeux brillants, les pommettes rouges, et aux lèvres ce tressaillement nerveux que tu connais bien. Elle porte une robe rouge que tu ne lui as jamais vue. Mais on dirait qu'elle va pleurer.

« Qu'est-ce qu'il y a ? tu demandes, qu'est-ce qu'il y a, maman ? »

Tu l'appelles maman. Tu l'appelles maman sans réfléchir parce que tu as peur.

« Rien du tout, ma fille, il n'y a rien du tout », fait-elle avec emphase, en faisant sonner le *ma fille*, qui, tu l'entends bien, répond à ton pauvre *maman*. Et tu vois bien, alors, qu'elle est tout à fait égarée.

Tu t'aperçois qu'elle s'est anormalement maquillée, sourcils très dessinés, rimmel très noir. Et voilà qu'elle se met devant la glace et se tartine les lèvres, tout de travers, d'un rouge criard. Avec le petit tremblement qui les agite, l'effet est terrible.

Elle s'approche de la porte. Tu essaies de t'interposer.

« Tu ne vas pas sortir comme ça ?

– Et pourquoi pas ? Tu vas me donner des ordres ? C'est fini, ça, Marion ; c'est terminé. Tu pourras le raconter à ta grand-mère. Raconte-le à ta grand-mère, ta grand-mère qui t'aime tant. Et toi aussi tu l'aimes, ta grand-mère, n'est-ce pas Marion ? Ta charmante grand-mère ? Tu aimes ses petites minauderies comme ceci, et comme cela… »

Et la voilà qui mime les grimaces de Maud, avec excès, vulgarité. Spectacle rendu encore plus odieux par le maquillage dont elle s'est barbouillée. Elle se tortille. Se déhanche.

Tu penses à ton amie Anne. Tu as honte.

Elle s'en va. Elle est partie. Tu entends le tac-tac des talons décroître dans l'escalier ; en bas, le claquement de la lourde porte de l'immeuble refermée à toute volée.

De la fenêtre, tu regardes la petite silhouette rouge filer à travers la foule. Les gens se retournent. Ils voient bien que *ça ne va pas.* Tu devines sans la voir l'expression qu'ils ont alors, cet air rigolard, réjoui, bêtement supérieur qu'ils ont tous devant les ivrognes, les idiots et les fous.

Pourvu qu'elle ne chante pas !

Tu sais que, si elle fait du scandale sur la voie publique, on peut l'arrêter, la conduire au poste, et, de là, l'interner d'office en hôpital psychiatrique. On t'a expliqué qu'il est alors difficile d'en sortir. Fanny elle-même t'avait cité le cas d'une malheureuse laissée là à vie par sa famille que cela arrangeait.

Tu attends, dans l'angoisse. Pourvu qu'elle ne fasse pas la folle. Pourvu qu'elle ne chante pas, qu'elle ne hurle pas, qu'elle n'insulte personne.

Mais c'est en rentrant, bien plus tard, qu'elle chante. Très fort. Tu l'entends arriver depuis la fenêtre. Tout le monde doit l'entendre dans la maison. C'est bien sûr *Le Temps des cerises.* Les belles. L'oiseau moqueur. La folie en tête. Tout y est. Mais elle a réussi à passer entre les gouttes, sans se faire prendre ; elle est libre ; et quand tu refermes la porte derrière elle, tu as l'impression d'accueillir une rescapée. En a-t-elle conscience ? Le regard qu'elle te jette n'a rien de tendre. C'est seulement celui de l'épuisement et d'un défi hagard. Le regard d'une étrangère.

Un matin, comme tu pars pour le lycée, la concierge te hèle au passage : on a téléphoné, tu dois absolument appeler avenue de Suffren. Ils sont inquiets. Élisa demande que tu rappelles tout de suite. Tu dis que tu le feras le soir, en rentrant ; que tu es en retard. Madame Bescond te regarde bizarrement et hoche la tête. Tu as le sentiment que tout l'immeuble, ici, doit être au courant de la folie de ta mère.

Au lycée, apparemment, personne encore ne sait. Mais tu as l'impression de marcher sur une corde raide : il suffirait de si peu de chose, par exemple, quand tu rentres du lycée avec Anne, que vous remontez ensemble la rue de Sévigné, il suffirait que Fanny sorte à ce moment-là et vous rencontre. Présentations. *Mais, dis-moi, ta mère, elle n'est pas un peu… ?*

Non, au lycée, on ne sait rien. Ni cela, ni ce qui concerne l'Allemand. Au lycée, ta vie est normale ; au lycée, tu es une fille comme les autres. Tu vis dans cette double imposture.

L'autre jour, le professeur de français a parlé, comme par hasard, à propos d'un poème d'Aragon, des scandales de l'Occupation ; de la honteuse conduite de certaines femmes. Elle a raconté des choses. Tu as rougi jusqu'à la racine des cheveux. Les filles de ta classe, elles, étaient là, assises bien droit, le regard clair, justement indignées, petites Françaises sans tache. Tu penses à la rosette de la Légion d'honneur au revers de la veste d'Henri ; au regard mouillé de Maud au seul mot de patrie ; aux phrases grises d'Élisa sur les souffrances de la guerre, à sa silhouette un peu voûtée de femme de devoir. À tous ces gens de bien. Toi, tu es la fille de Fanny ; tu n'as pour toi que le rire insolent de Fanny ; le rire d'une folle.

Horreurs de la guerre que tu apprends sans cesse, à présent. Pas un jour sans une nouvelle découverte. Photos vues chez le marchand de journaux, séquences d'anciennes actualités au cinéma. Tu rencontres le regard des enfants juifs, sur un quai de gare, qu'on vient de séparer de leurs parents ; tu reçois comme un choc l'image des morts vivants d'Auschwitz allongés sur leurs châlits, les yeux brillants de fièvre. Tu entends raconter les arrestations de la Gestapo, ici-même, dans ce quartier de Saint-Paul, les enfants de l'école juive emmenés. Tu apprends les tortures exercées sur les résistants. Tu apprends ce nom, rue des Saussaies…

Et, pourtant, tu penses toujours à l'Allemand. Et pourtant – quelle honte n'est-ce pas ! –, en entendant un chant de marche allemand, ce genre de chants tellement haïs des Français, tu es violemment émue. À qui dire tout cela ? À personne, et surtout pas à Fanny. Pas même à ton amie Anne. Tu voudrais l'écrire, mais aucun papier n'est assez sûr ; de toute façon, les mots te manquent. Et, au-delà des mots, le sens de ce mystère en toi. Curieusement, tu penses que la maladie de Fanny est le prix à payer, que c'est un châtiment pour vous ; et, pour toi précisément, le juste accompagnement de ce que tu éprouves. La maladie de Fanny a la couleur de l'interdit. C'est un *no man's land.* C'est votre pays.

Tu téléphones enfin à Élisa. Décidée à jouer le jeu, tu affirmes que tout va bien ; que tu as eu beaucoup de travail ; que tu viendras, bien sûr, dès que ce sera possible. Elle te presse de questions, dit qu'elle se sent mieux, propose de venir. Tu éludes. Et tu omets de lui dire que vous n'avez presque plus d'argent. Ce qu'il te reste d'amour-propre s'y refuse.

Angoisse de l'argent. Tu comptes ce qu'il vous reste. Même pas de quoi vivre une semaine. Ensuite, il y aura les allocations familiales. Mais ce sera tout juste.

Fanny est plus malade qu'elle n'a jamais été. Elle ne semble se rendre compte de rien. Elle a, de toute façon, toujours été au-dessus de ces problèmes. Elle n'a jamais su le prix des choses, du pain, du lait, des fruits. Le prix du loyer. *L'argent, Funny-Face, mais voyons ! Qu'est-ce que c'est ? Du vent ! Rien du tout !* Et quand, vraiment, de l'argent, il n'y en a plus, elle t'envoie depuis toujours acheter à crédit chez l'épicier. De cela, tu as horreur ; tu en avais horreur même petite. « Ma mère a dit que vous mettiez ça sur notre compte », devais-tu dire ; mais tu étais tellement émue que tu bafouillais, inversais les mots, et on te faisait répéter, à ta confusion, le message honteux. Ça faisait rire le marchand.

L'agent payeur des allocations doit arriver le 15 avril. Ce jour-là, c'est un jeudi ; tu ne vas pas en classe. Tu vas pouvoir l'attendre.

Or ce jour-là, précisément, Fanny va très mal : elle n'a pas dormi de la nuit ; tu l'as entendue s'agiter, marcher, chanter, parler toute seule en cherchant des livres introuvables. Au petit matin, épuisée, elle s'est recouchée, mais ne s'est pas endormie. Maintenant, allongée sur son lit, sur le dos, elle parle très fort ; toute seule ou pour toi, on ne sait pas, elle n'attend pas de réponse ; discourt sur divers sujets, l'amour, Dieu, l'argent. Les grands thèmes. Tu n'écoutes pas ; tu lui dis sévèrement de se lever, que l'agent payeur doit passer, qu'elle doit signer le registre.

Que se passe-t-il alors dans la tête de Fanny ? Que se passe-t-il qui la trouble, qui la met en fureur ? Elle se lève, en effet, mais ne s'habille pas ; au contraire, elle retire sa chemise de nuit et se met à marcher nue à travers la pièce en maugréant à mi-voix. Tu ne comprends pas ce qu'elle dit mais tu la presses de se préparer.

« Fanny, habille-toi, l'agent payeur va passer…

– Laisse-moi tranquille avec ton agent payeur !

– Maman, je t'en prie…

– Tu n'as pas à me prier, ma fille ! »

Elle est toute rouge, décoiffée, elle hurle sa colère contre toi, sa fille qui lui manques de respect.

Voilà qu'on frappe. Voix joviale de l'agent payeur : on le connaît depuis longtemps ; c'est un gros moustachu, à qui, quand tout va bien, Fanny offre un verre de vin.

« Maman, habille-toi, vite, s'il te plaît…

– Pas besoin d'argent ! Pas besoin de l'argent de ces profiteurs », gronde Fanny.

L'agent frappe de nouveau ; dit qu'il est pressé ; que, si on n'ouvre pas, il va partir. Alors Fanny, superbe, parfaitement nue, ouvre la porte d'un geste théâtral :

« Entrez, mon brave, entrez, ne vous gênez pas ! Nous sommes entre nous, entre prolétaires, prolétaires de tous les pays… »

Elle rit, elle rit comme une folle. Joue l'hôtesse accueillante. L'homme ne se démonte pas. Affecte de ne pas remarquer sa nudité. Impassible, il ouvre sa sacoche, compte des billets ; les lui tend. Alors, elle, terrible, les saisit, les brandit, les lui jette à la figure. Ils volètent, retombent sur le sol.

« Une signature, Madame, s'il vous plaît », fait l'autre, calmement.

Alors elle rugit :

« Et puis quoi encore ? Vous voulez m'acheter maintenant ? Dehors ! dehors, saligaud, corrompu ! Tous les mêmes avec leur fric, ces valets ! »

Superbe, elle bouscule l'agent, qui te fait silencieusement signe de parapher à la place de ta mère. Tu le fais. Et puis tu te mets à quatre pattes pour ramasser les billets et les pièces, tous les billets, toutes les pièces, tandis qu'elle s'efforce de pousser le gros homme dehors en l'injuriant de plus belle. Mais, cette fois, il se fâche, riposte vertement. Fanny hurle. Claque enfin la porte sur l'agent payeur éjecté. Tu entends, sur le palier, dans l'immeuble, des portes qui s'ouvrent, un brouhaha de voix. Cette fois, son scandale, elle le tient.

Tu serres les billets dans ta main. Trop bouleversée pour être émue. Tu n'existes plus. Tu n'es pas là.

Mais Fanny bondit vers toi, veut t'arracher l'argent, te gifle, elle qui ne t'a jamais touchée, jamais même donné une fessée quand tu étais enfant. Elle te tord le bras jusqu'à ce que ta main s'ouvre, te traite de fille perdue et, en grinçant des dents, de *petite putain*, s'empare des billets, les jette par la fenêtre ouverte sur l'après-midi de printemps. Un instant elle reste à la fenêtre à regarder les billets voltiger. Se retourne vers toi en souriant.

« Alors, que dis-tu de ta mère, Marion ? »

Après quoi, toujours aussi nue, elle ajuste malignement sur sa tête un petit chapeau, prend son sac à main, ouvre la porte, et sort avec dignité.

Tu entends dans l'escalier un bruit confus. Des clameurs. Un choc. La voix perçante de Fanny. Puis soudain sa grosse voix, la voix de l'autre Fanny ; la voix terrible d'autrefois ; sa mystérieuse voix d'homme, basse, lourde, épaisse, effrayante parce qu'incroyable, venue d'on ne sait où ; la voix d'ailleurs, de là-bas, retrouvée.

On dirait qu'on se bat dans les étages. Et puis retentit la sirène d'un car de police secours.

Cette fois, c'était la catastrophe. Les voisins avaient appelé la police, des passants s'étaient assemblés, l'agent payeur avait témoigné. Madame Bescond, la concierge, forte de ses responsabilités, avait pris l'initiative d'appeler avenue de Suffren. Maud et Henri étaient aussitôt accourus – et c'était bien curieux de les voir enfin là, les D…, chez vous.

Ils ont demandé l'internement de Fanny. C'est fait. À Sainte-Anne.

Toi, dans tout cela, éteinte, étrangement indifférente. On te reproche de n'avoir rien dit, de ne pas avoir averti, d'avoir même caché la vérité à Élisa. *Mais pourquoi, darling, pourquoi ?* Tu ne réponds pas. Il n'y a rien à répondre. Tu ne sais pas pourquoi tu as agi ainsi. Tu ne le sais plus. Tu n'es plus tout à fait là. Plus tout à fait la même. Comme si l'enfance, soudain lointaine, était un peu morte, ce jeudi-là.

De la disparition de Fanny, on dirait que tu n'éprouves pas de tristesse, mais au contraire une espèce de soulagement, comme si tout était maintenant devenu normal. Tu as le sentiment d'être loin, d'être libre, de pouvoir respirer.

Maud et Henri ont pris les choses en mains. On t'emmène. Tu vas vivre avec eux *pour le moment, n'est-ce pas?*; pour toujours, peut-être? L'idée n'est pas formulée, mais tu sais qu'elle est là. Pourquoi pas? Cela t'indiffère.

Avenue de Suffren, Élisa, encore malade, enveloppée jusqu'au nez dans un immense peignoir gris, te reçoit dans sa chambre, t'explique gentiment que cela vaut tellement mieux ainsi pour tout le monde; que ta maman, ma chérie, est définitivement malade; que ça recommencera toujours; que cette maladie est incurable; *incurable*; d'ailleurs, autrefois, même petite, il y avait en elle des signes inquiétants, je t'assure, oui, bien avant la rencontre de l'Allemand... Elle était si... comment dire? nerveuse, agitée, révoltée. Maud, *sa maman*, le savait bien, l'a toujours su. Oui, même avant l'Allemand... Maud a toujours eu peur d'elle. Pour elle, c'était insupportable, cette maladie, intolérable : elle l'aimait tant... Enfin, tu sais bien, toi aussi, malheureusement, ce que c'est... D'ailleurs pourquoi crois-tu que ta pauvre petite maman n'avait pas d'amis? Les gens fuient ce *genre de choses*...

Tu écoutes. Tu opines machinalement. Est-ce que tu entends? Est-ce que ces mots-là te touchent? Tu es sourde; étrangère.

Chez les D..., tu te trouves bien. On t'a aménagé une belle chambre dans l'appartement; une chambre pour toi seule. Jamais encore tu n'avais eu de *vraie* chambre à toi. Tout à fait à toi. Dont tu puisses fermer la porte. Où personne n'entre en pleine nuit.

Pour aller au lycée, tu prends chaque matin le métro depuis l'avenue de Suffren. C'est comme une nouvelle vie, et ça t'amuse de jouer ce rôle tout neuf. Tes grands-parents t'entourent, te gâtent. Tu essaies de ne penser à rien. Tu as quatorze ans.

Au lycée, ta vie continue. À ton amie Anne, tu expliques que tu habites maintenant chez tes grands-parents parce que ta mère est malade. *Qu'est-ce qu'elle a ?* Tu trouves, sur-le-champ, un nom de maladie élégant : ta mère est *neurasthénique*. Anne, dont tu guettes la réaction du coin de l'œil, est impressionnée, presque admirative. Tu es enchantée de ta trouvaille. Au fond, tu as presque dit la vérité ; mais une vérité chic, qui n'a, tu le sais, rien à voir avec celle que tu connais. Une fausse vérité qui trahit Fanny, puisqu'elle accuse la honte que tu as d'elle. Une fausse vérité qui, très vite, te fait mal.

Tu sais bien que tu n'en as pas fini avec celle qui est partie. Absente et silencieuse, elle est encore avec toi. Elle est *en* toi.

Quand, trois mois plus tard, les médecins déclarent Fanny rétablie, affirment qu'elle peut reprendre une vie normale, c'est toi qui presses Maud d'accepter sa sortie, et tu cours rejoindre ta mère rue Saint-Antoine.

Tu es folle, dit Maud, *tu es complètement folle, ma pauvre chérie.*

Des presque deux années qui ont suivi, tu gardes un souvenir étrange, confus, ambigu. Tu étais venue retrouver Fanny d'instinct, dans un grand mouvement d'amour et d'espoir, parce que c'était elle, parce que c'était toi, parce qu'il le fallait. Et de fait, pendant ces deux années, les choses se sont *bien* passées. C'est-à-dire sans crise majeure ; mais, pour toi, dans une espèce d'angoisse, d'attente : la certitude obscure que quelque chose allait arriver.

Non, il n'y aura pas de crise grave pour Fanny au cours de ces deux années. Pas d'hospitalisation. Ce sera pour vous une trêve, une pause. Vous vivrez presque normalement ; comme les gens dits *normaux.* Il y aura bien quelques menaces, l'apparition de quelques symptômes maniaques ou dépressifs, alternativement. Mais rien de sérieux : un peu de médicaments et tout s'arrêtait : il ne s'était rien passé, on respirait à nouveau.

Avait-elle été particulièrement bien soignée lors de son dernier internement ? Les nouveaux médicaments étaient-ils plus efficaces ? Elle acceptait à présent de les prendre ; il y en avait plusieurs à absorber chaque jour, comprimés de taille et de couleurs diverses, gouttes à compter que tu lui administrais toi-même, *compte pour moi, Funny, ça m'agace tellement de faire ça*. Tout un arsenal destiné à *l'équilibrer*, disait le docteur Attal, qui venait de temps en temps modifier les doses de l'une ou l'autre médication selon l'état nerveux de sa patiente. État qu'il affirmait *plus ou moins stabilisé*.

En somme, tout allait bien : *tout va bien, darling ?* demandait Maud un peu distraitement quand tu passais avenue de Suffren ; et puis, on changeait de sujet.

Jamais Fanny n'avait été aussi tranquille, *sage*, comme elle disait. On aurait pu oublier – tu l'oubliais souvent – qu'elle avait été si malade, oublier ces cris, cette fureur, oublier qu'elle avait été cette presque folle. Cette folle-là.

Elle était revenue changée, physiquement aussi, de l'hôpital. On aurait dit qu'elle avait mûri, vieilli. Tu lui avais découvert de fines rides autour des yeux, à la commissure des lèvres. Elle avait, dans le regard, quelque chose de fatigué, de résigné. Et puis elle ne se maquillait plus. Elle s'habillait de nouveau, comme autrefois, d'un pantalon sans grâce et d'une chemise, et portait, négligemment jeté sur les épaules, un vieux pull d'une couleur délavée. À trente-deux ans, elle avait déjà quelques cheveux blancs, très visibles dans la masse toujours désordonnée de ses cheveux noirs.

En plus doux, plus pâle, elle était redevenue celle que tu avais aimée lors de vos premières années de la rue Saint-Antoine, la Fanny d'autrefois, celle que tu appelais secrètement *la femme de l'Allemand*, cette drôle de fille bohème qui ne ressemblait à personne, solitaire jusqu'à la sauvagerie. Oui, la femme de l'Allemand était de nouveau là, et elle avait retrouvé ton admiration ; mais une admiration différente de celle, naïve, instinctive, que tu lui vouais enfant. À présent, tu étais capable de comprendre ce qu'elle avait d'unique, ce qui faisait le charme et la force de sa personnalité.

Tu n'aimes pas retrouver ces images de presque bonheur. Elles te font mal. Souvenirs de moments de grâce que tu revois comme autant de mensonges, comme une espèce de farce cruelle qu'on vous aurait jouée.

Elle s'était remise au dessin. En quelques mois, avec une étonnante aisance, elle a illustré un nouvel album pour enfants, des *Contes d'Andersen.* Elle a même trouvé l'énergie de négocier chez son éditeur, elle qui, l'année précédente ne travaillait plus, ne voulait plus voir personne de ce milieu. Le livre a eu du succès : les images étaient ravissantes, empreintes d'une poésie singulière qui était la sienne autant que celle du conteur danois, d'une mélancolie un peu morbide.

Tu sentais bien la nature de la singularité de Fanny. Ce qui séduisait en elle ; ce qui pouvait aussi faire peur.

Tout lui était message, lumière, signe.

« Ce matin, te dit-elle un jour, j'ai pensé à ton père de façon particulière, comme s'il était là. À ce moment précis le soleil est sorti des nuages, a illuminé la chambre, et j'ai su que tout était bien. Tu comprends, Funny ? »

Elle est, en te disant cela, radieuse.

Bien sûr que tu comprends. Mais tu ne dis rien.

Une autre fois, elle te demande soudain, sans que rien n'amène le sujet :

« Quand je serai morte, tu penseras à moi ? »

Et comme, surprise, tu ne réponds pas, elle ajoute, très vite, en détournant la tête :

« Moi, je te regarderai, Funny. De là où je serai, je te regarderai toujours vivre. »

Ces petites phrases te bouleversent. T'irritent aussi, t'angoissent, parce que tu sais ce qu'elles peuvent annoncer. Avec Fanny, tu es toujours sur la défensive, jamais naturelle.

Tu es dure avec elle. Tu l'empêches quelquefois de s'exprimer dans la crainte où tu es qu'elle ne s'exalte, qu'elle ne s'emporte. Tu tiens la bride à tout ce qui en elle est poésie, élan. Tu sais bien, tu sais encore, même si tu veux l'oublier, que la chose terrible en elle, la chose mystérieuse, abominable, peut à tout moment se réveiller. Mais c'est peut-être aussi cette présence de l'ombre qui fait d'elle un être magique.

Vous n'allez plus guère au cinéma ensemble. D'abord parce que tu redoutes ses commentaires passionnés après le film (et quelquefois pendant, malgré tes objurgations à voix basse) ; ensuite parce que tu te trouves trop grande pour aller au cinéma avec ta mère : tu préfères la compagnie d'Anne, ou d'une autre fille de ta classe. Alors, si elle te demande de venir avec elle, tu trouves un prétexte pour ne pas sortir.

Et quand, au moment de partir seule, déjà sur le seuil, elle se retourne et te demande tristement :

« Alors, tu ne viens pas, Funny, c'est sûr ? »

Un instant d'hésitation, et puis tu l'abandonnes, le cœur serré de honte et d'effroi. Peut-être parce que tu la comprends trop bien, et que le retentissement en toi de ses émotions est trop lourd.

Comme tu le retrouves, l'étrange climat de ces années-là, avec son parfum de tendresse méfiante et son goût de bonheur volé.

Tu étais loin d'imaginer ce qui allait se passer.

Sans doute étais-tu aveugle. Sourde à tout ce qui n'était pas toi, la métamorphose de ton corps, la nouveauté de ta vie. Fanny semblait guérie : pour la première fois, tu respirais. Tu t'apercevais que tu avais seize ans. Et c'était un grand bonheur d'avoir seize ans.

Tu avais l'impression de commencer à exister pour toi, de façon autonome. De naître en quelque sorte à une autre vie, une vie sans Fanny, et peut-être loin de Fanny.

Au lycée, tu venais d'entrer en première. Tu n'étais plus la petite fille timide, honteuse, tremblant de voir son indignité révélée. On te considérait comme une excellente élève ; tu avais des amies ; les professeurs t'aimaient bien ; une d'elles en particulier, le professeur de français, une jeune femme qui s'appelait Françoise Lebrun et pour laquelle tu t'étais prise d'adoration : elle vous avait fait découvrir Boris Vian, aimer Baudelaire. Elle avait avec ses élèves un contact très libre, très spontané ; elle en réunissait certaines chez elle, le jeudi, dans un appartement de la rue de Turenne, lumineux, tout blanc, décoré sobrement, un appartement comme tu n'en avais jamais vu. Tu y avais aperçu deux jeunes enfants, un mari. Tu étais sous le charme.

Ainsi, on pouvait vivre comme ça ?

Et puis tu avais ton amie Anne, la petite Alsacienne blonde, qui t'avait introduite chez elle, dans l'appartement étroit de la rue François-Miron. Ses parents étaient protestants ; c'étaient des gens simples, ouverts, accueillants. Après les cours, maintenant, tu allais souvent travailler là-bas avec Anne, qui t'y encourageait : *ça ne dérange personne*, disait-elle. Vous vous installiez dans la salle à manger, faute de place dans sa chambre minuscule, encombrée de livres et de disques. Le père, qui enseignait l'allemand au lycée Charlemagne, tout près, survenait parfois, traversait la pièce, qui était au centre de l'appartement, *ne vous dérangez pas, je ne fais que passer…* Ou le grand frère, Pierre, étudiant en droit, qui, sortant de sa chambre, venait bavarder avec vous. La mère rentrait plus tard. Elle travaillait dans une bibliothèque du XVe, aimait ce qu'elle faisait. Dans cette famille, chacun menait sa vie, mais ils avaient l'air de s'entendre. Chacun disait son mot en passant. Tu aimais cette pièce carrefour, pleine de vie, qui sentait l'encaustique et les fruits mûrs comme une maison de campagne.

Quand tu rentrais chez toi, souvent c'était déjà l'heure du dîner. Fanny t'attendait depuis longtemps. Elle n'était pas contente, tu le voyais à son visage fermé, même si elle ne te faisait pas de reproches.

« Alors, bien sûr, tu étais encore chez tes parpaillots ? » demandait-elle, sans attendre de réponse. Et, se détournant, elle haussait les épaules.

196

Tu aurais dû sentir ce qu'il y avait de rancœur dans sa voix, dans la nervosité de ses gestes.

Quand tu lui avais parlé d'Anne et de ses parents pour la première fois elle avait écouté en fronçant le sourcil. « Si ces gens-là t'amusent… », avait-elle seulement dit ; ce qui valait pour toi autorisation.

Un jour, avec un peu d'hésitation, mais te fiant à son relatif équilibre, tu lui as demandé si tu pouvais inviter ton amie, la lui présenter.

« Ici ? » Le mot était parti brutalement, comme un projectile. Suivi, après un bref silence, d'un : « Je ne veux voir personne chez moi. »

Avec Fanny tu ne parlais pas de tes études, de tes lectures. Peut-être cela datait-il de sa maladie, de ses hospitalisations, d'habitudes d'indépendance que tu avais prises alors. Mais il y avait autre chose : il te déplaisait qu'elle sache ce que tu aimais. Il te déplaisait qu'elle découvre que *son Baudelaire* était devenu le tien, qu'elle apprenne que tu connaissais par cœur certains poèmes d'Apollinaire. Tu n'aurais pas aimé, surtout, qu'elle t'entende parler allemand, qu'elle t'écoute lire à haute voix Hölderlin pour le seul plaisir de la musique de cette langue. Tu lui interdisais l'approche de ce qui était devenu *ton* univers.

Elle rôde autour de tes livres, autour de ta table de travail, en silence. Elle t'observe, et ce regard, que tu sens à la fois curieux et hostile, te gêne, te dérange. Tu dis que tu as besoin d'être seule ; tu lui demandes de te laisser. Tu as cette dureté, cette suffisance.

Un jour, comme, en passant, elle s'empare d'un livre qui était sur ta table et l'ouvre, tu le lui reprends vivement en disant que *c'est à toi.* Elle a alors un mouvement de recul.

« Comme tu as changé, Funny ! » dit-elle simplement.

Tu lèves les sourcils avec impertinence, mais tu as mal de la souffrance que tu lui vois. Pourtant, tu ne t'y attardes pas.

Et puis il y a eu l'affaire de la surprise-partie.

Pour l'anniversaire de ses dix-sept ans, Anne avait voulu faire une petite fête, rue François-Miron. Tu étais bien sûr invitée. Il y aurait là quelques filles de la classe et des amis de Pierre et d'Anne : en tout une vingtaine de personnes. Pour toi, c'était un événement : tu n'avais jamais été invitée nulle part, surtout à une soirée de ce genre ; et tu ne savais pas danser. *Une oie blanche*, comme disait Fanny naguère, à propos de filles qu'elle trouvait niaises.

À Fanny, justement, tu n'as pas osé demander conseil, retenue par un sentiment bizarre. Mais, d'instinct, tu es allée trouver Maud, qui a, en effet, gloussé de satisfaction, *une surprise-partie ! enfin, tu vas sortir un peu de ton cocon, ma chérie, il était temps !* Elle a absolument tenu à s'occuper de tout, à t'acheter une robe, à la choisir avec toi. Elle était ravie. Vous êtes allées faire les boutiques toutes les deux, complices, enchantées.

Comment, alors, n'as-tu pas compris ?

Lorsque tu es rentrée rue Saint-Antoine, avec à bout de bras l'élégant carton qui contenait ta robe – rose, ravissante, vaporeuse, à porter sur un jupon froufroutant, comme Brigitte Bardot en avait lancé la mode –, tu n'avais pas franchi le seuil que Fanny t'accueillait d'un : « Qu'est-ce que c'est que ça ? » qui t'a fait sursauter. Cette fois tu as tout de suite compris ton imprudence.

Tu as expliqué en bafouillant. Tu as ouvert le carton, déballé la robe devant elle, qui restait là, immobile, les bras croisés.

« Ridicule », a-t-elle simplement dit en haussant les épaules. Et elle a eu cette petite grimace familière, cette crispation de la bouche, close ensuite sur le silence.

La fête avait lieu un samedi soir d'avril. Dans le petit appartement des Schulmeister, on avait repoussé les meubles contre les murs pour pouvoir danser, fermé les rideaux, allumé des lampes basses. Un électrophone, posé sur le buffet de la salle à manger, jouait des airs de jazz. Il y avait, çà et là, des bouteilles, des verres ; des gens assis n'importe où bavardaient, fumaient ; quelques couples dansaient dans la pénombre. Tu ne reconnaissais rien ni personne, intimidée dans ta robe rose au point que tu as failli repartir. Mais, à ce moment-là, quelqu'un a mis sur le pick-up *Petite Fleur*, de Sydney Bechet, et Pierre t'a invitée à danser malgré tes protestations hypocrites.

C'était facile de danser. Tu as vite oublié l'heure, et Fanny qui avait dit *pas plus tard que onze heures.* Anne, en passant près de toi, t'a gentiment murmuré qu'elle ne t'avait *jamais vue comme ça*, et elle a ajouté encore plus bas que tu avais *complètement vampé son frère*.

Quand tu t'es aperçue qu'il était minuit, tu as voulu rentrer. Fanny avait tellement insisté pour que tu sois à l'heure. Tu te rappelais maintenant l'étrangeté de son regard. Tu ne voulais pas qu'elle s'inquiète. Et, fugitivement, tu as ressenti la petite douleur de sa solitude.

Pierre tenait à te raccompagner, *le quartier n'est vraiment pas sûr, le soir*, et tu as dû rosir de plaisir. Le chemin n'était malheureusement pas très long.

Rue Saint-Antoine, quand vous êtes arrivés devant l'immeuble, tu as machinalement levé les yeux vers le quatrième étage ; une fenêtre était éclairée, et ouverte : la vôtre. Tu voulais justement dire à Pierre que c'était là que tu habitais : mais au moment même où tu ouvrais la bouche, tu t'es aperçue que Fanny venait de se placer dans l'encadrement de la fenêtre et restait là, immobile, accoudée à la rambarde. Depuis combien de temps guettait-elle ?

Pas un signe. Elle était simplement là, raide, figée comme un mannequin, insolite dans ce carré lumineux qui se détachait sur l'obscurité de l'immeuble. Sur ces cheveux en désordre elle avait bizarrement piqué une fleur. Une rose rouge. Tu as tout de suite senti qu'elle n'allait pas bien. Elle aussi vous avait vus. Elle vous regardait fixement, en silence.

Pierre ne pouvait pas ne pas la remarquer. Est-ce qu'il a compris ? Il n'a rien dit. Il t'a simplement embrassée sur la joue, comme il faisait toujours, et il est parti. Avant de pousser la porte, tu as vu qu'il se retournait et te faisait un petit signe. Tu as répondu, et puis tu as pénétré dans l'immeuble.

Là-haut, en effet, Fanny t'attendait. Elle t'a accueillie sèchement, sans un mot, sans un geste, toute pâle. Tu n'as rien dit non plus. Pas même excuse-moi. Et, quand tu as été dans ta chambre, elle a claqué d'un geste théâtral la porte de séparation.

Cette nuit-là, tu as eu du mal à t'endormir, et tu l'as longtemps entendue marcher, remuer des papiers, des objets. Mais il ne s'est rien passé. Et au matin, quand tu t'es réveillée, tout semblait dans l'ordre, et tu avais oublié l'incident. Tu étais amoureuse.

Pourquoi a-t-il fallu que tu sois, à ce moment, aussi peu présente, aussi peu vigilante ?

Entre-temps le projet de séjour en Allemagne s'était précisé. Le professeur d'allemand et Françoise Lebrun s'étaient occupés de tout : si tout allait bien, non seulement tu pourrais passer l'été dans une famille allemande, mais tu aurais une bourse d'études pour faire ta dernière année de secondaire au lycée franco-allemand de Sarrebrück, en internat. *Mais d'abord il faut que je rencontre votre mère*, te dit un matin Françoise Lebrun, qui ne devine sans doute pas combien cette petite phrase te bouleverse.

Comment Fanny allait-elle accepter l'idée d'une aussi longue séparation ? Tu avais commencé à lui parler du projet quand il n'était qu'ébauché : elle s'était contentée de dire que c'était *une drôle d'idée. Vraiment une drôle d'idée, Funny*. Vous n'en aviez plus parlé.

Au reçu d'une nouvelle lettre positive du ministère, Françoise Lebrun, ravie du tour que prennent les choses, demande à voir Fanny au plus vite. Serait-il possible qu'elle vienne dès le lendemain au lycée, après les cours ? Tu bredouilles que oui, bien sûr, sûrement. Mais toi, tu ne seras pas là, tu as trop de travail.

C'était la première fois que ta mère irait au lycée. Jamais jusque-là ce n'avait été nécessaire : tu travaillais bien, et Fanny, de plus en plus sauvage, ne le souhaitait pas. Toi non plus. Mais, cette fois, il n'y avait pas d'échappatoire.

Tu es troublée, mais pas trop inquiète : tu penses que Françoise Lebrun la convaincra : cette bourse est un tel avantage pour toi. C'est plutôt la rencontre entre les deux femmes qui te gêne, qui te semble bizarre. Pour rien au monde tu ne voudrais y assister.

Quand tu lui fais part de la convocation, Fanny a un curieux sourire : triomphe ? Défi ? On ne sait pas. Elle te regarde en silence. Et puis :

« Très bien, j'irai », dit-elle sèchement.

Au retour de cette réunion, quand elle arrive rue Saint-Antoine, où tu l'attends avec impatience – toi tu avais filé après les cours, en rasant les murs pour ne pas avoir à la croiser –, elle a les yeux brillants, les joues rouges. Mais elle ne dit rien. Tu t'aperçois avec gêne qu'elle s'était habillée n'importe comment, qu'elle avait mis son pantalon le plus mal coupé, son pull le plus usé.

« Alors ? » demandes-tu.

Elle hausse les épaules, et puis :

« Alors rien. J'ai dit à cette dame que je ne voulais pas que tu ailles en Allemagne. »

Et, après un petit silence, elle ajoute :

« Je lui ai dit aussi qui était ton père. »

Elle sourit, malignement. Se tait. S'en va.

Tu es anéantie, assommée de honte et de déception. De colère et de haine aussi envers cette femme, cette folle, ta mère.

Ta première réaction a été de courir rue François-Miron. De leur dire. De tout leur raconter. Tout.

Le choc que tu venais de subir avait été tel que tu ne te souviens pas exactement de la façon dont, ensuite, les choses se sont passées. Si, les larmes ; tu te souviens de ces larmes, enfantines, irrépressibles. Tu pleurais dans la rue. Tu pleurais en arrivant chez les Schulmeister. Tu pleurais en parlant, en racontant. Tu ne sais pas combien de temps tu as parlé, ni comment, ni précisément ce que tu as dit. Mais ils ont compris.

Monsieur Schulmeister – ils étaient tous là, sauf Pierre – a déclaré que tout ça n'avait aucune importance : la seule chose qui comptait, maintenant, c'était que ce voyage se fasse ; c'était une chance à surtout ne pas laisser perdre. Il trouvait, monsieur Schulmeister, que ce n'était pas grave du tout que tu sois la fille d'un Allemand ; que, d'ailleurs, il s'en était douté, tu avais l'air un peu trop alsacienne pour une petite Parisienne ; que c'était, au fond, un lien de plus entre vous, cette germanité. Quant au *petit dérangement de ta mère*, ça arrivait à bien des gens : en admettant que Françoise Lebrun s'en soit rendu compte, c'était une femme intelligente, elle comprendrait. On allait trouver une solution pour le voyage ; rien n'était perdu. Au reste, il connaissait ses collègues de Victor-Hugo, en particulier le professeur d'allemand : il allait lui téléphoner le soir même.

Tout le monde t'a embrassée. Tu te laissais consoler comme un enfant. Chez les Schulmeister, la vie avait l'air si simple, tu t'es peu à peu calmée. Ils avaient tous l'air si sûrs que les choses allaient bien, que rien n'était grave.

Il était déjà tard quand tu es partie. Tu ne pensais plus à rien, qu'à des préoccupations immédiates, le travail à présenter pour le lendemain, et surtout pour le surlendemain : un exposé que vous deviez faire Anne et toi sur un poème de Baudelaire, un très beau et curieux poème en prose : *Les Bienfaits de la lune.*

« Demain, après les cours, tu viens tout de suite travailler à la maison avec ce que tu as déjà fait ; on coordonnera », avait dit Anne. Et en te raccompagnant à la porte, elle avait ajouté à voix basse, pour te faire sourire : « Et puis, demain, Pierre sera là. »

Ce soir-là, à la maison, Fanny n'a pas dit un mot. Elle chantonnait à mi-voix, s'activait dans la cuisine, apparemment indifférente. Pourtant, à un moment, elle t'a regardée, et tu as surpris, de nouveau, cette expression de malignité satisfaite qui t'avait bouleversée tout à l'heure.

Ne plus penser. L'oublier. Faire comme si elle n'existait pas.

Le lendemain, au lycée, Françoise Lebrun t'a appelée, t'a parlé brièvement : oui, la visite de ta mère avait été négative, mais monsieur Schulmeister avait téléphoné : ils avaient beaucoup parlé, elle était au courant, elle savait, *elle savait tout.* Elle ferait l'impossible pour arranger les choses. *Vous devez partir, Marion. Pour toutes les raisons. Nous y arriverons.* Ses yeux brillaient de gentillesse et d'intelligence.

Inexprimable soulagement. Comme si, tout à coup, le monde s'ouvrait. Simplement parce que tu n'avais plus honte.

Pourtant, curieusement, la seule chose à laquelle tu penses, maintenant, c'est l'exposé à faire avec Anne. Le reste, tout le reste est secondaire : ta mère, sa maladie, l'Allemand, les projets de voyage. L'essentiel, pour le moment, c'est cet exposé. Ce travail te ravit : pour Anne et pour toi, tu rêves d'un vrai succès ; tu as envie de montrer à Françoise Lebrun que tu mérites sa confiance, peut-être son amitié.

Vous sortez du lycée, Anne et toi, dans une fièvre d'idées : mais tu as laissé tes notes à la maison, le travail de la veille, et tu dois aller les chercher : *je monte vite et je te rejoins chez toi*, dis-tu à Anne, au coin de la rue de Sévigné. Elle te fait en s'éloignant le même signe amical de la main que Pierre, l'autre soir.

Cet après-midi d'avril, il fait beau, un temps d'été. Les gens, dans la rue, sont en vêtements clairs. Tu portes toi-même une robe en vichy bleu et blanc et des ballerines bleues, toutes neuves. Tu marches vite, presque en dansant, le long de la rue Saint-Antoine. Tu es heureuse, naïvement et pleinement heureuse, heureuse de l'Allemagne que tu verras peut-être ; heureuse de l'exposé à faire ; heureuse de retrouver Anne dans un instant, et peut-être Pierre.

La dernière image de ce bonheur est celle de ta robe bleue voletant avec toi d'étage en étage dans l'escalier que tu grimpes vite pour arriver à la maison. Vite tu prendras les feuilles oubliées et tu redescendras aussitôt.

Là-haut, contrairement à l'habitude, la porte est fermée à clé.

Tu frappes. On ne vient pas ouvrir, mais tu entends chanter. À mi-voix. Bizarrement. Comme tu sais. Le cœur te bat.

Tu frappes à nouveau, plus fort. Tu appelles.

Cette fois le chant s'arrête. Des pas. La clé qui tourne dans la serrure. La porte s'ouvre brusquement.

Apparition de Fanny. Effrayante. La Fanny des grands jours : drapée dans un châle à franges, maquillée de façon outrancière, les cheveux relevés en chignon désordonné, une rose sur l'oreille, comme l'autre soir, le regard fou. Et, en arrière-fond, te parvient une âcre odeur de brûlé, de papier brûlé.

Tu entres dans la première pièce. Tu ne vois d'abord rien d'anormal. Tu pousses la porte de la chambre entrouverte : c'est là.

Les étagères ont été vidées. Tous tes livres, tous tes cahiers ont été jetés pêle-mêle sur le sol, et un petit feu brûle à la base du tas informe.

Fanny sourit, de ce sourire faux que tu connais ; elle jouit visiblement de ta surprise. Se délecte de ton désarroi.

Tu te précipites pour éteindre le feu, elle essaie de te barrer le passage, tu la bouscules, tu jettes une serviette mouillée sur la flamme, tu piétines les livres déjà embrasés : il était temps. Le feu s'éteint dans une pénétrante odeur de suie mouillée.

Tu te retournes vers Fanny, qui est restée là, debout, derrière toi, à sourire. Les premiers mots qui te viennent :

« Mais tu es complètement folle ! »

Elle, imperturbable, souveraine avec sa rose dans les cheveux et son châle, dans un rire de dédain :

« Mais non, ma fille, erreur. La folle, ici, c'est toi, et c'est bien pour te guérir que j'ai agi. J'ai le devoir de te ramener à la raison. »

Tu es muette de stupeur, de colère, de désespoir.

Elle t'explique alors, longuement, avec une affectation de calme qui t'enrage, qui te déchire, qu'elle a très bien compris que tu étais victime d'un système, *ma fille, ma pauvre fille.* Les choses commençaient au lycée : on vous y dévoyait patiemment. Ça se terminait dans les réseaux de débauchés *bourgeois, les ballets roses,* où des notables – et même *des protestants* – abusaient de filles innocentes qu'ils payaient en livres et en disques. Elle comprenait pourquoi tu en avais tant. *Je t'ai bien vue, ma fille, l'autre soir, avec ce jeune homme…*

On avait parlé, en effet, quelque temps avant, de ces « ballets roses » qui avaient mis en cause des personnages publics ; mais par quelle distorsion d'esprit avait-elle associé les livres, le lycée, la culture à cette affaire de mœurs ? Les Schulmeister ? Pierre ?

Abasourdie, tu as le temps de penser que, cette fois, elle est complètement folle ; que vous ne vous en sortirez pas. Tu ne l'écoutes plus ; tu te demandes que faire, par quoi commencer, quand des mots attirent ton attention :

« Dieu m'a indiqué ce que je dois faire, poursuit-elle. Il n'est pas question que tu reprennes place dans ce cercle maudit. Le lycée, c'est fini, ma belle. J'ai bien vu ton petit jeu. Je vais te sauver. Tu ne sortiras plus d'ici. »

D'un bond, elle a gagné la porte, qu'elle ferme à double tour. Elle brandit la clé devant toi d'un geste de défi.

Tu te précipites instinctivement sur elle, tentes de lui arracher la clé qu'elle tient serrée dans sa main droite. Vous vous battez ignoblement, bassement. Tu la hais de toutes tes forces. Aussi violent que ton ancien amour d'enfant, tu éprouves pour elle un irrépressible, un effroyable dégoût. La proximité de son corps, de sa peau, de son haleine te fait horreur. Mais il te faut cette clé.

Tu es sur le point de la lui arracher, quand elle se dégage et te gifle. Si violemment que tu lâches prise, étourdie du coup.

Cette image d'elle, alors, terrible, inoubliable. L'image à jamais pour toi de la folie, la vraie. Celle de la bête mauvaise toujours tapie en elle, la bête maintenant triomphante, qui s'est levée et regarde avec ses yeux, parle par sa bouche, frémit dans son corps.

Sortir de là. Lui échapper. Lui échapper pour toujours. Tu sens que, pour ça, tu serais capable de tout. Peut-être même de la tuer : oui, un instant tu as pensé cela, tu as eu envie de cela. Tu sens aussi qu'avec elle tu ne peux pas lutter : elle est plus forte que toi et il y a en elle, en ce moment, une énergie diabolique, une force que tu ne comprends pas. Tu ne peux que ruser si tu veux partir.

Alors tu fais semblant de céder.

« Tu as raison. Je reste avec toi, je ne sortirai plus. »

Ces mots-là. Tu dis ces mots-là, misérables, et elle a l'air contente. Mais dans sa folie, la satisfaction lui donne une expression effrayante, bestiale. Est-ce que la vraie Fanny existe encore, quelque part ?

Tu détournes les yeux de ce visage étranger, de cette main crispée d'où la clé a soudain disparu. Tu vas calmement dans la cuisine.

« Je nous fais du thé ? proposes-tu d'une voix innocente.

– C'est ça, ma fille, fais du thé », glapit la fausse Fanny de sa voix d'homme, de sa voix de nègre fou, sa terrible voix de ventriloque retrouvée. Et elle se met à fredonner *Tea for two* en esquissant un grotesque pas de danse à travers la pièce.

Tea for two. Cet air-là. Cet air que Fanny chantait pour toi, quand tu étais petite, en mettant le couvert devant la fenêtre. Cet air venu de l'enfance.

Des larmes de colère te viennent aux yeux. Des larmes de haine.

Idée dérisoire, à présent, de ton exposé. De ton exposé que tu ne feras pas.

Tout en faisant chauffer l'eau du thé, en mettant les tasses sur un plateau, tandis qu'*elle* continue à massacrer la petite chanson d'autrefois, tu penses au poème de Baudelaire, à ces *illunés* dont il parle avec fascination, ces êtres marqués par la lune et par la folie. Une folie bienheureuse. Une folie magnifique. C'est toi qui avais choisi *Les Bienfaits de la lune*, sans même y réfléchir, inconsciemment, sans voir que, si ce texte te touchait tant, c'est qu'il t'évoquait la Fanny de ton enfance. Pas cette démente.

Tu verses le thé dans les tasses. Tu t'es souvenue qu'il y a dans l'armoire à pharmacie les somnifères qu'on a ordonnés à Fanny, et dont elle dédaigne le plus souvent de se servir. Tu prends discrètement la fiole de Largactyl. Tu sais que la dose prescrite pour dormir est de dix gouttes. Tu en laisses tomber froidement quarante dans son thé. Tu sucres abondamment. Tu espères qu'elle tombera profondément endormie, qu'elle ne se réveillera pas tout de suite ; mais tu sais aussi que, peut-être, elle ne se réveillera plus. Et tu le fais. Tu le fais malgré tout. Peut-être même que tu le fais pour ça.

Tu lui tends sa tasse. Tu prends la tienne.

« Il a un drôle de goût, ce thé, ma fille », dit-elle en accentuant l'apostrophe d'une façon qui te paraît ironique. Et tu as bien plus peur de l'éventualité qu'elle se doute de quelque chose et qu'elle ne boive pas que des suites de ton acte.

Vous buvez toutes les deux en silence, dans le silence de l'appartement, dans cette odeur de papier brûlé, dans ce parfum de folie et de mort. Vous buvez dans le sentiment que tu as, très fort, irréfutable, définitif, de votre séparation.

Elle a mis presque une heure à s'endormir, parlant par intermittence, par bribes de phrases disloquées, vilains morceaux de mots barbouillés qui s'échappaient de sa bouche, lourds, tristes, insupportables.

Et puis elle s'est affalée dans le fauteuil de Maud, la tête en arrière, la bouche ouverte.

Alors tu as cherché la clé. Elle l'avait cachée, comme tu l'avais deviné, dans son soutien-gorge. Tu t'en es emparé. Mouvement de répulsion en effleurant malgré toi son sein.

Enfin tu as pu ouvrir la porte.

Tu as dévalé l'escalier.

Tu cours dans la rue Saint-Antoine. Tu cours. Tu ne penses pas. Tu ne sens rien, que ton cœur qui bat follement. Tu cours, tu cours comme une folle, bousculant les passants. Tu cours jusqu'à la rue de Sicile, chez le docteur Attal, dont tu sais qu'après cinq heures il donne sa consultation.

« Je ne peux pas le déranger », te dit froidement l'assistante. Mais tu dois avoir l'air si bouleversée qu'elle va finalement le chercher dans son cabinet, le ramène.

Là, dans le corridor, sans le regarder, tu lui parles d'une voix que tu ne reconnais pas. En phrases pressées, confuses, honteuses, tu expliques, tu essayes de raconter. La nouvelle folie de ta mère. La clé. Les gouttes. Combien. Tu lui dis cette chose incroyable que, peut-être, tu as empoisonné ta mère, ta mère folle. Il t'écoute en silence. Tu ne sais pas ce qu'il pense parce qu'en lui parlant tu t'obstines à fixer les dessins brunâtres du linoléum qui recouvre le sol. Tu sens son regard sur toi. Qu'il secoue la tête. Et puis il demande à son assistante d'appeler une ambulance pour la rue Saint-Antoine ; qu'elle fasse attendre les patients. Il va faire un saut là-bas. Il revient tout de suite.

« Toi, tu m'accompagnes », dit-il. Et cette voix implicitement te condamne, te couvre de honte.

Honte aussi tout le long du chemin qui vous conduit là-bas, dans le silence du vieux monsieur qui souffle un peu en marchant, puis dans l'ascension des quatre étages.

Enfin, là-haut, tu ouvres la porte. Cette porte.

Fanny gît toujours sur le canapé, dans la position où tu l'avais laissée, profondément immobile. Elle est peut-être morte.

Le docteur Attal écoute le cœur ; attend ; te montre le léger mouvement d'une respiration qui soulève un peu la poitrine. Il soulève une paupière sur un œil blanc. Tu détournes la tête.

« Ce ne sera sans doute rien, dit-il. Mais il est trop tard pour la faire vomir. À l'hôpital on va lui faire un lavage d'estomac, par prudence. Et puis la placer en psychiatrie. »

Un silence. Il regarde autour de lui la dévastation de l'appartement. Enfin :

« Et toi, qu'est-ce que tu vas faire ? Quel âge as-tu, maintenant ? Seize ? Dix-sept ? »

Seize ans, tu as. Seize ans dans quelques jours. Tu bredouilles que tu vas aller chez ta grand-mère, encore une fois.

Il te regarde.

C'est à ce moment que les gens de l'ambulance arrivent. Occupent un instant dans la petite pièce toute la place, avec leur corpulence, le brancard. Empoignent Fanny. Tu ne regardes pas. Ils disparaissent. Tu entends les voix décroître dans l'escalier ; ils ont du mal dans les virages. Et puis plus rien. Seulement, devant toi, ce vieil homme au regard dur.

Il promène encore un instant les yeux sur l'appartement familier. Revient à toi. Te serre la main, froidement.

« Ta mère, ajoute-t-il sur le seuil de la porte, c'est une femme bien, tu sais. Ou plutôt tu ne le sais pas. »

Et il s'en va.

Tu n'as pas le cœur de passer rue François-Miron. Tu n'as à vrai dire le cœur à rien. Anne t'aura attendue. Ce n'est pas grave. De toute façon, l'exposé, vous ne le ferez pas. Tu n'as plus envie de parler de ce poème, jamais. Et, ce soir, tu n'as envie de parler de rien, ni de voir personne.

Il est presque vingt et une heures. Neuf heures du soir. Un soir de printemps. Dans l'immeuble, les bruits habituels, radio, vaisselle remuée, rires.

L'appartement vide est un champ de bataille.

Dans l'amas de livres restés au sol, parfois à demi calcinés, tu n'as pas la force de chercher ce dont tu aurais besoin. Tu n'emportes rien. Tu vas partir comme ça.

Une chose est sûre pour toi : tu ne reviendras pas.

Dans la vieille boîte de Banania où Fanny mettait l'argent des courses, il n'y a rien. Peut-être, prise d'une de ses idées bizarres, l'aura-t-elle jeté ?

En fouillant les poches de vos vêtements, tu rassembles juste assez de pièces pour acheter un ticket de métro et deux jetons de téléphone.

Tu t'en vas. Tu t'en vas. Tu claques la porte. Tu as l'impression de ne plus tout à fait exister.

D'une cabine, tu appelles Anne pour lui dire que tu ne viendras pas. Que tu ne feras pas l'exposé. Lui dire seulement. Raconter, tu ne peux pas.

Tu appelles aussi Françoise Lebrun. Tu oses cela, appeler Françoise Lebrun, dont tu gardais toujours le numéro de téléphone sur toi sans jamais t'en servir : elle vous l'avait donné, le jour de la rentrée, en l'écrivant, avec son nom, sur le tableau noir. Personne d'autre ne faisait ça, parmi les professeurs. Cela t'avait tellement émue.

Quand la communication se fait, le cœur ne te bat même pas. Tu dis juste que tu n'as pas fait ton travail. Que ta mère est malade. Que tu ne viendras pas demain.

Elle doit entendre, à ta voix, que quelque chose ne va pas, car elle te dit de passer chez elle, rue de Turenne, que vous parlerez. Tu remercies. Non, tu ne peux pas. Tu es trop *fatiguée.* Tu raccroches.

Tu n'as plus de jeton pour appeler avenue de Suffren. Tu y vas directement.

Là-bas, on ne sait rien. La vie normale. On t'accueille avec des exclamations, les exclamations et les mots de la vie normale. *Pour une surprise !* comme dit Maud. Leurs voix, à tous les trois, d'oiseaux bienveillants. Deux mots pour expliquer, pourtant, dire, dire ce que tu peux dire.

Alors un silence. Pas long. Un petit silence.

De la rechute de Fanny, ils ne sont pas même vraiment étonnés. Ils savent, eux. Ils sont habitués. Et puis, ils sont *si heureux, si heureux de t'avoir de nouveau avec eux.*

Dormir, maintenant. Dormir. La seule chose dont tu aies envie.

Tu n'as pas un regard pour le rayon bleu de la tour Eiffel, qui court toujours follement sur les murs de ta chambre.

C'est Élisa qui, le lendemain, est allée fermer l'appartement de la rue Saint-Antoine ; récupérer ce qu'il restait de tes livres ; prendre quelques vêtements. Toi, tu n'as pas pu. De la rue Saint-Antoine, cette fois, tu ne veux plus rien savoir. Tu ne pourrais supporter le spectacle des deux chambres, leur odeur, le silence. Tu aurais peur, peur des souvenirs récents ; peur d'une indéfinissable présence. Tu ne pourrais pas. Tu ne veux pas. Tu ne veux plus.

Tu sais maintenant que, là-bas, quelque chose a pris fin.

À présent, tu vis avenue de Suffren. Tu as retrouvé la chambre, arrangée par ta grand-mère, qui est devenue la tienne. Maud est ravie : « Nous attendions ce moment depuis si longtemps, ma chérie. » Quel moment ? Que Fanny devienne complètement folle ? Est-ce que ce n'est pas ça, au fond, qu'ils prévoyaient ?

De l'hôpital, tu as appris que le lavage d'estomac de Fanny s'était bien passé. Qu'elle n'était pas en danger. Mais qu'au réveil elle avait été reprise d'une bouffée délirante telle qu'on l'avait immédiatement transférée à l'hôpital de Saint-Maurice. L'ancien Charenton.

Maud et Henri se multiplient. Font des démarches pour obtenir ta tutelle. *La meilleure solution, ma chérie, je t'assure.* Ils ont l'air gai. Henri devenu presque loquace. Maud épanouie. La vie simple, en somme. Mais de Fanny, bien sûr, pas un mot, ni de leur côté, ni du tien. Surtout pas du tien. Finalement, tu leur ressembles.

Élisa sourit, mais elle paraît plus grise encore qu'à l'ordinaire, et comme bizarrement voûtée.

Tu prends le métro chaque matin pour aller au lycée. Tu descends à la station Saint-Paul. Tu ne fais que traverser la rue Saint-Antoine, sans un regard pour vos fenêtres. Tu longes la rue de Sévigné. Étrange de retrouver le lycée presque sous une autre identité. Tu passes quelquefois, après les cours, rue François-Miron, mais en toi, curieusement, quelque chose a changé. Tu n'es même plus amoureuse de Pierre : de toute façon, il ne s'était vraiment rien passé. Ce devait être le fruit de ton imagination de petite fille, *d'oie blanche.*

En quelques mots tu as expliqué aux Schulmeister ce qui était arrivé ce jour-là, le jour du départ de Fanny ; mais tu n'as pas tout dit ; tu n'as pas parlé de ce geste fou que tu avais eu. Ça, tu n'en as parlé à personne, à part au docteur Attal. Tu ne peux en parler à personne, de cette chose-là. De ce moment-là. Tu ne le pourras jamais. Personne ne saura que tu as tué Fanny.

Ils ont été très gentils, les Schulmeister. Comme toujours. C'est toi qui es devenue bizarre.

L'exposé sur Baudelaire, tu l'as fait un autre jour, toute seule, et à propos d'un autre poème. Cette fois, tu as choisi *L'Étranger*, ce poème qui aurait inspiré à Camus le titre de son roman. On t'a félicitée ; mais ce succès dont tu attendais tellement ne t'a pas touchée : il est arrivé comme fané. Un peu comme si tu étais devenue indifférente à ce que tu avais espéré ; un peu comme si tu étais devenue indifférente à toi-même.

L'Allemand aussi, tu l'as oublié. Aussi lointain à présent pour toi que le regard singulier d'Edith Schiele. Aussi lointain que l'enfance.

Il ne reste de tout cela que du vide. Comme si, la folie de ta mère devenue la tienne, tu l'avais balayée avec son départ.

Et peut-être n'étais-tu faite que d'elle. Cette folie. Cette folie-là. Que c'est pour ça que tu n'existes plus.

Le regard de Françoise Lebrun souvent posé sur toi pendant le cours, plein d'interrogations. À ses demandes réitérées de lui parler, ou de venir avec d'autres chez elle comme autrefois, tu te dérobes.

C'est Henri, curieusement, qui, un jour, va la voir, sans t'avertir. Tu n'en es pas même contrariée.

« Elle est remarquable, ta petite prof, dit-il en rentrant, guilleret, comme il dépose son chapeau dans le corridor. Elle est même tout à fait remarquable. »

Il est drôle, Henri, avec ses yeux tout égayés. Tu n'en sauras pas davantage. Tu n'en éprouves d'ailleurs pas le besoin.

Quelque temps plus tard, Françoise Lebrun t'annonce avec un joli sourire que, pour le séjour en Allemagne, ça va s'arranger. D'ici juillet, les papiers seront prêts. « Votre grand-père s'est chargé de tout, dit-elle. Il tient beaucoup à vous, Marion, vous savez : il comprend très bien la situation. Il va sans dire que nous, au lycée, nous l'appuyons. Vous partirez donc en juillet après le bac ; vous passerez l'été dans une famille, près de Munich. Et en octobre vous serez inscrite au lycée de Sarrebruck où vous passerez en fin d'année la seconde partie du baccalauréat, exactement comme en France. »

Tu ne poses aucune question. Ça t'est égal d'être ici ou là, de faire ceci ou cela.

« Eh bien, Marion, ça vous va ? » demande Françoise Lebrun devant ton silence.

Tu remercies. Oui, bien sûr, tu partiras. Oui, tu es très contente.

Un dimanche de mai – Fanny est enfermée depuis plus d'un mois –, tu décides d'aller la voir à Saint-Maurice. Tu n'en parles à personne, pas même à Élisa. Tu veux y aller seule.

Tu prends le métro, puis un autobus. C'est loin. Il fait très beau, et chaud. Trop chaud. Ciel bleu impitoyable.

Tu cherches ton chemin, l'hôpital : *vous voulez dire l'asile ?* Enfin tu arrives. L'endroit est entouré de hauts murs. On aperçoit, à l'arrière-plan, tout en escarpements, des terrasses, divers bâtiments. Cela semble immense.

À l'accueil, on te laisse entrer sans difficulté : à seize ans tu es si grande qu'on t'en donnerait dix-huit. Mais pour quelle obscure raison, quand on te demande si tu es de la famille, tu réponds que non ; tu es simplement la fille d'une amie. C'est presque vrai : tu es la fille de Fanny ; pas celle de la femme qui est enfermée ici.

Fanny D…, Bâtiment B ; porte 3.

Tu as d'abord traversé un parc désert. Tu es entrée par erreur dans un premier bâtiment sur lequel rien n'était écrit. Tu as longé un couloir. Tu as entendu des cris derrière des portes. Des appels. Des injures. Tu as poursuivi, le cœur battant. Odeur d'éther, odeur de femmes, odeur terrible des femmes. Mais ce n'était pas là : une infirmière a surgi, t'a fait repartir promptement en arrière. *Ici, c'est interdit.* Il fallait aller de l'autre côté du bâtiment. *Vous n'avez pas vu la pancarte, les flèches ?*

Une fois sortie du bâtiment par le bon couloir, tu t'es retrouvée dans une autre partie du parc. Au bout, encore des bâtiments, marqués A, puis B; et, sur la gauche, une grande terrasse bordée de balustres, qui dominait les jardins et donnait sur des lointains. Sur le sol, du gravier, crissant sous les pas dans le silence. Là, des femmes en blouse bleue, semblables, erraient seules ou par deux, lentement, comme hésitantes. Il y en avait de jeunes, de vieilles; des grosses, des maigres. Mais elles avaient toutes un air de famille, la même allure lasse, écrasée. Tu en as croisé quelques-unes. Elles étaient pâles, mal coiffées, nu-pieds dans des sandales; certaines portaient des chaussettes de laine jusqu'aux genoux, dans des pantoufles. La plupart t'ont regardée avec indifférence, comme si elles ne te voyaient pas; certaines au contraire avec agressivité. Il y en avait aussi une qui riait toute seule en gesticulant.

Quelqu'un, quelque part, criait sans arrêt une chose incompréhensible.

Assises sur un banc adossé au mur d'un des bâtiments, deux infirmières tricotaient au soleil, dans leurs blouses blanches, en bavardant. Les surveillantes des folles, as-tu pensé. Elles avaient des lunettes, et un petit bonnet blanc comique sur la tête, comme des charcutières.

À ta demande, elles t'ont désigné une silhouette solitaire en bleu, à l'autre extrémité de la terrasse. Une femme appuyée à la balustrade, une femme qui tournait le dos aux autres et regardait au loin en fumant. C'était Fanny.

Fanny, là-bas. Toute seule. Elle est à vingt mètres. Le cœur te bat.

Tu fais quelques pas. Et puis, de façon tout à fait folle, avant qu'elle ne se retourne, tu prends la fuite. Si troublée que la traversée en sens inverse des parcs et bâtiments te semble celle d'un labyrinthe dont tu n'arriveras plus à sortir. L'angoisse te prend de devoir rester là, comme elle, avec elle, et tu éprouves tout à coup un besoin fou, impérieux, de retrouver l'air, de respirer, d'être définitivement loin. Alors tu cours, tu te sauves, tu t'échappes.

Fanny, une entre les autres. Une entre les folles. C'est peut-être de la voir là, dans ce lieu-là, dans cette blouse bleue, cet uniforme de la folie, que tu as compris, pour de bon, cette fois.

Cette nuit-là, tu as encore rêvé d'elle. Tu as fait ce rêve-là. *Le* rêve.

Tu es couchée dans ton lit, endormie, ou plutôt tu rêves que tu es endormie, profondément, lorsque la porte de la chambre grince doucement sur ses gonds en s'ouvrant peu à peu, lentement, lentement. Quelqu'un entre à pas feutrés, quelqu'un entre dans l'obscurité : c'est Fanny, dont soudain tu reconnais la silhouette, le visage, les yeux fous, Fanny qui s'avance vers toi, qui te cherche dans le noir, à l'aveugle, bras tendus… Toi, paralysée, figée d'effroi, tu ne peux que hurler : « Non, non, Maman ! » devant ce qui s'approche, ce qui s'approche inéluctablement. Et puis, au moment où elle va t'atteindre, tu te réveilles, haletante d'angoisse, en sueur, comme si tu avais livré un combat.

Tu allumes la lumière. La clarté jaillit autour de toi : il n'y a rien, bien sûr ; tu es dans la chambre que Maud t'a donnée, avenue de Suffren. Tu es en sécurité ; *elle* n'est pas là. Tu as rêvé. Elle n'est plus là. Elle ne sera plus jamais là.

Non. Tu dis non à la folie. *Non*, comme sur la petite route, le jour où tu as vu cette Fanny-là pour la première fois. Tu ne veux pas. Tu ne veux plus.

Tu ne peux plus rien pour Fanny. Tu dois te sauver, ne plus t'occuper d'elle. La tentation de la pitié, tu le sens confusément, c'est la tentation d'autre chose.

Tu ne veux pas devenir le double de Fanny, le double de l'image adorée et haïe. Elle est la femme de l'Allemand. Pas toi.

Tu vas la laisser. Tu vas partir. Échapper.

Respire. C'est fini.

Élisa, elle, va lui rendre visite régulièrement. Sainte Élisa, comme disait Fanny, moqueuse, autrefois. Élisa, avec son air penché, son roulottis de cheveux gris, ses jupes trop longues. Élisa, de plus en plus marquée par l'âge. Élisa, dont le regard las, quand elle revient de l'expédition de Saint-Maurice, te fait honte. Un temps. Brièvement : tu es si occupée.

La distance, tu as su la prendre, cette fois. Tu prépares ton bac, ta première partie de bac, et, déjà, ton départ pour l'été, tes vacances allemandes. Maud est maintenant enthousiasmée par ce projet et très affairée : tu ne partiras pas *comme une misérable.* Elle veille à tout et, chaque jour, revient les bras chargés de paquets pour toi.

Il y a eu, assez vite, des lettres de Fanny. Les premières, tu n'as pas osé les ouvrir ; elles te faisaient vaguement peur. Ou plutôt, c'était comme une fatigue, un dégoût de revoir cette écriture, ces hauts jambages, ces boucles nerveuses, ces barres violentes. Jusqu'au bleu de ce papier, aux bavures du stylo à bille de mauvaise qualité qui t'irritaient. Alors, sans l'ouvrir, tu cachais la lettre dans tes affaires, tu l'enfouissais au plus profond d'un tiroir.

Et puis, tu as fini par en lire une.

Pour l'Allemagne, Élisa avait commencé à lui dire ce qu'il en était, tout doucement, petit à petit. C'était de cela que Fanny parlait dans cette lettre.

D'abord, tu l'as parcourue superficiellement : le ton semblait redevenu normal ; mais tu connaissais le caractère illusoire de ces retours au calme ; tu savais aussi de quelle duplicité elle était capable. Tu as poursuivi dans le détail, lisant aussi entre les lignes.

Ma chérie,

Je vais bien mieux, tu sais. Ma santé s'améliore de jour en jour, dit mon médecin. Je crois que nous serons définitivement débarrassées de cette vilaine maladie qui nous a fait tant de mal à l'une et à l'autre. N'aie pas peur, ma chérie, c'est une maman toute neuve qui va t'arriver. Je me réjouis déjà de te revoir bientôt.

Élisa m'a parlé de cette bizarre idée que tu as toujours de vouloir partir pour l'Allemagne. Je ne pense pas que ce soit un projet sérieux, ni surtout, si vraiment il pouvait se réaliser, bon pour toi. Il faudra que je te parle à ce sujet ; j'ai beaucoup de choses à te dire, des choses que je ne t'ai jamais encore dites…

Je pense avec espoir, ma chérie, au moment où nous nous retrouverons, pour ne plus nous quitter, cette fois. Dieu le permettra.

Tu verras, nous serons si bien ensemble à nouveau.

Je t'embrasse comme je t'aime,

Fanny

Souviens-toi combien la lecture de cette lettre t'a enragée : cette tendresse qui semblait ignorer tout ce qui s'était passé, cette certitude que la vie entre vous allait reprendre comme toujours ; enfin ces objections à un départ qui, à tes yeux, était une chose absolument acquise, et puis, surtout, cette référence à Dieu, qui entraînait pour toi un cortège de souvenirs angoissants : les chants, les prières, les discours, tout l'appareil misérable de ses crises mystiques...

Jamais tu ne retournerais vivre avec elle. Jamais.

Tu n'as pas ouvert les lettres suivantes.

Fanny était encore en traitement pour un mois.

Dans un mois, justement, tu devais partir.

Qui l'accueillerait à sa sortie de Saint-Maurice ? Tu n'as pas eu besoin de poser la question : Élisa, avec la plus grande simplicité, t'a annoncé qu'elle allait s'installer rue Saint-Antoine. Définitivement. Si Fanny voulait bien d'elle.

Les choses se sont passées on ne peut mieux.

Peut-être les médecins avaient-ils parlé à Fanny ; les assistantes sociales ; peut-être les médicaments la mettaient-ils en état de moindre résistance ; et puis il y avait ton silence, ces lettres bleues auxquelles tu ne répondais pas. Alors, brusquement, contre toute attente, elle a tout accepté. Comme ça, d'un coup, tout : la tutelle sur toi accordée à ses parents ; ton départ pour l'Allemagne ; et, dans l'immédiat, le fait que tu continues à vivre chez Maud après son retour à la maison ; que tu ne sois pas là pour l'accueillir ; que ce soit Élisa qui la ramène rue Saint-Antoine et qui reste auprès d'elle. Comme si, brusquement, le monde avait basculé.

Elle t'a juste envoyé un mot avenue de Suffren, quelque temps avant sa sortie de l'hôpital, un mot que, cette fois, tu as lu :

Finalement, d'accord pour tout, Funny. Je comprends. Je comprends tout. Mais, dès que je serai rentrée, viens me voir. Promets-le-moi.

Je t'embrasse.

Tu as promis. Une phrase, griffonnée au dos d'une carte postale choisie au hasard, l'étrange portrait de Berthe Morisot au bouquet de violettes peint par Manet.

Comme les jours passaient vite. Et avec quelle facilité. Les événements – examens, démarches administratives, contacts avec l'Allemagne – se télescopaient un peu, mais s'enchaînaient à temps, comme il le fallait ; tout s'engrenait correctement.

Anne et toi, vous fêtiez votre succès au baccalauréat. Maud avait rajeuni de dix ans. Elle avait absolument tenu à inviter tout le monde avenue de Suffren. Il y avait même Françoise Lebrun et ton professeur d'allemand.

Aujourd'hui, tu recomposes dans ta mémoire l'image un peu irréelle du rassemblement de ces gens dans le salon de Maud : Henri, tout revigoré lui aussi, s'empressant galamment auprès des deux jeunes professeurs ; Françoise Lebrun particulièrement radieuse dans une robe blanche, Françoise Lebrun toujours parfaite, à sa place partout ; les Schulmeister, souriants, en conversation avec Élisa pour une fois détendue ; Pierre, un peu à l'écart, un verre à la main – Pierre, que depuis longtemps tu évites ; et Anne, légèrement grise, qui, debout à côté de toi, près d'une fenêtre, te dresse un bilan euphorique de la situation :

« Tu vois bien que j'avais raison, te dit-elle – tu entends encore sa voix, le très léger accent qu'elle tient de son enfance alsacienne ; je t'avais bien dit que tout marcherait ! Tes grands-parents sont adorables ; ta mère est devenue raisonnable : elle sera en sécurité avec ta tante ; tu vas pouvoir partir ! Tu vas passer une année formidable… et quand tu reviendras, on se retrouvera tous ! On est tous tellement heureux pour toi ! »

C'était vrai. Tout le monde était heureux *pour toi*.

Alors pourquoi éprouvais-tu cette angoisse, ce curieux sentiment d'inachevé ? Comme s'il fallait attendre quelque chose, on ne sait quoi, qui aurait donné du sens à tout cela ?

Maud peut-elle le comprendre, qui, passant un bras autour de ta taille, avec ses façons caressantes de fausse mondaine, te chuchote à l'oreille :

« Ne fais donc pas cette tête-là, darling ! Tu es tellement plus jolie quand tu souris ! »

Fanny est revenue. Huit jours avant ton départ. Tu l'as appris par un coup de téléphone un peu embarrassé d'Élisa.

Fanny est rentrée. Encore. Encore cette fois. L'écho en toi de ces mots-là : revenue, rentrée. Les images répétitives qu'ils entraînent. La folie de ces répétitions. Ces cercles de cauchemar.

Fanny est rentrée. *On t'attend.*

Elle est là depuis la veille. Avec Élisa. Qui s'éclipsera pour vous laisser seules.

Alors, ce samedi après-midi, tu vas en visite là-bas. En visite chez ta mère. En visite rue Saint-Antoine. La gorge nouée.

Elle est là, qui t'ouvre la porte. Cet instant. Cet instant si bref, si long, du regard, du double regard que vous vous portez. Est-ce qu'elle pense à *ce jour-là* ? Est-ce qu'elle se souvient ?

Tu remarques tout de suite qu'elle a vieilli. Vraiment vieilli, cette fois. Curieusement vieilli. Ou plutôt changé ? Il y a en elle quelque chose d'asexué, d'éteint ; quelque chose est parti qui la faisait elle.

Elle semble parfaitement calme. Maîtresse d'elle-même. Qui croirait qu'il s'agit de la même femme qu'il y a trois mois ? Mais tu es familière de ces métamorphoses. Elle s'est fait, pour ta venue, la tête de la Fanny d'autrefois, celle des petits déjeuners de l'enfance, des récits de rêves du matin, des sorties au cinéma. Sans maquillage. Solitaire. Innocente. Elle s'est fait la tête de *la femme de l'Allemand.* Mais ça ne prend pas. Tu sais bien ce qu'il en est.

Cependant, elle te regarde. Te dévisage. A l'air de te découvrir.

« Comme tu as grandi, mon Funny ! te dit-elle, comme tu es belle ! »

Elle t'entraîne à la lumière ; elle te regarde, comme si elle ne t'avait pas vue depuis des années, alors que si peu de temps vous sépare de la scène des livres, de cette folie, la sienne, la vôtre.

Il y a dans son regard quelque chose que tu n'y as jamais vu : une nouvelle gravité, un sérieux que n'avait pas Fanny, pas le même en tout cas. Et cette ombre en elle, cette douceur triste, qui ressemble à un savoir étrange, t'émeut malgré toi, te touche.

Vous vous asseyez près de la fenêtre, devant le dôme de Saint-Paul. Tu retrouves, avec le paysage familier, des bouffées de la mélancolie et de la tendresse d'autrefois. Fanny sourit, comme si elle lisait ta pensée.

« Je comprends tout, tu sais », dit-elle.

Impossible de lui répondre. Impossible d'articuler une phrase. Tu es là, muette, paralysée.

Dans le silence, on entend le tintement d'une heure irréelle à l'horloge de Saint-Paul. Une foule de souvenirs passent entre vous. Images fugitives, bouleversantes.

Fanny reprend. Patiemment. Ce qu'elle a à dire, elle va le dire.

« Je comprends pourquoi tu t'en vas, Funny. Je sais bien que je suis malade, que ce n'est pas possible de vivre avec moi. Je sais que je ne suis pas *normale.* Que ce n'est pas *vivable* pour les autres. Que je *retombe* toujours. C'est pour ça, pas pour autre chose, que Maud et Henri n'ont plus voulu de moi. Pour rien d'autre. L'histoire de l'Allemand n'était qu'un prétexte, je t'assure. La vraie raison c'est que je fais peur. Je dérange. Je *vous* fais peur. À toi comme aux autres. »

Elle rit alors, de ce petit rire bref qu'elle avait autrefois, ce petit rire moqueur, insolent.

Tu ne peux rien dire. Rien dire à cela. Paralysée, honteuse. Honteuse d'entendre la vérité en face. Honteuse aussi de ce qu'il y a de dérisoire à parler de la peur que pourrait inspirer cette petite femme à l'air malheureux.

À présent elle se tait à son tour. On dirait qu'elle a quelque chose d'autre à dire, quelque chose de plus difficile. Elle rajuste pensivement une mèche derrière son oreille. Te jette un coup d'œil. Hésite. Se lance.

« Mais pourquoi en Allemagne, Funny ? Dis-moi ? Pourquoi en Allemagne, dans ce pays-là ? »

Tu restes muette. Bouche cousue. Tu ne peux pas parler de ça, de cette histoire-là, si longue, si secrète, si étrange, entre toi et l'Allemand. De cette folie, la tienne, la vôtre, tu ne peux pas parler.

Mais peut-être qu'elle va le faire, elle, peut-être qu'elle va oser.

Elle ose. Elle le fait.

« Il ne faudrait pas que tu sois sottement sentimentale, mon petit Funny. Je crois deviner. Il ne faudrait pas que tu fasses les mêmes bêtises que moi… »

Elle rit nerveusement. Avec gêne. Tu vois qu'elle hésite, marque un temps. Et puis elle poursuit :

« Tu sais, cette histoire avec ton père, ce n'était qu'une folie. Une histoire idiote. Un mensonge. Je me suis trompée. Complètement trompée. Voilà tout. Et je n'ai jamais eu le courage de le dire. De te le dire. Ni à toi, ni à personne.

« C'était une histoire banale, ma chérie, une histoire affreusement banale. Une histoire qui ne vaut pas la peine que tu ailles là-bas… Si tu partais là-bas pour ça, ce serait une vraie folie…

« Ton père n'est pas mort en Russie. Il m'a abandonnée. Simplement abandonnée. Je n'ai pas réussi à te le dire. À l'accepter. »

Elle te raconte alors, avec des mots simples, presque sans émotion, ce qu'elle a caché si longtemps ; ce qu'elle s'est sans doute caché à elle-même parce que la vérité était trop dure ; ce que personne n'a su. Jamais.

Et c'est si étonnant pour toi que tu te demandes si ce qu'elle dit maintenant est plus vrai que ce qu'elle disait autrefois, ou tout au moins ce qu'elle laissait entendre ; et si la scène que tu vis maintenant avec elle est tout à fait réelle.

Elle te raconte que, lorsqu'elle était tombée si malade, le jour de la petite route avec toi, elle venait de recevoir une lettre d'Allemagne, après deux ans de silence. Il lui disait qu'il ne la reverrait plus, qu'elle devait l'oublier : à son retour du front russe, il avait retrouvé la jeune femme qu'il avait épousée au début de la guerre, et dont il avait eu un enfant ; il avait alors décidé de rester avec eux. Il demandait pardon à Fanny de ne pas lui avoir avoué qu'il était marié.

Oui, il avait reçu ses lettres à elle. Oui, il savait que tu étais née.

Non, elle n'avait pas protesté. Pourquoi l'aurait-elle fait ?

C'était comme ça.

Une histoire simple. Banale, comme disait Fanny. Banale à faire frémir.

Tu as froid. Comme tu as froid ! C'est l'Allemand qui vient de mourir, et c'est toi qui as froid.

Tu dis à Fanny qu'il est tard, que tu vas rentrer. Alors elle te demande *si tu veux toujours partir, Funny, si tu veux toujours aller là-bas ?*

Un instant, l'idée te traverse l'esprit que ce qu'elle vient de raconter n'était peut-être qu'une ruse, un pauvre moyen inventé par elle pour te garder ?

Tu ne sais plus. Tu ne sais rien. Tu as seulement froid. Envie de t'en aller.

Elle parle. Tu n'as pas une idée bien claire de ce qu'elle dit.

Elle obtient que tu reviennes avant ton départ pour l'Allemagne. Que tu reviennes passer à la maison ta dernière nuit : dîner avec elle, dormir là encore une fois. C'est tout ce qu'elle demande.

Tu t'en vas : elle t'accompagne à la porte. Appuyée à la rampe du palier, elle suit ta descente au long des quatre étages. Elle a l'air de ce qu'elle est : une maîtresse abandonnée. La femme de l'Allemand, c'est une autre.

Ce soir-là, avenue de Suffren, on t'a trouvée *bizarre*. On ne t'a pas posé de questions – parler de là-bas, on ne peut pas, n'est-ce pas ? Maud a seulement demandé *si ça allait, darling, s'il fallait une aspirine ?*

Bien sûr, ça rend un peu bizarre d'apprendre que le père qu'on croyait mort à la guerre est vivant. Et surtout de savoir qu'il n'était pas du tout ce qu'il était supposé être ; qu'il n'était pas le jeune héros germanique imaginé, dont la tendresse t'avait accompagnée secrètement au long de ces années d'enfance, et un peu au-delà, mais un homme quelconque, faible, menteur, lâche, assez misérable en somme ; un homme dont, par on ne sait quelle sagesse, dans sa folie, Fanny t'avait toujours tu le nom, le lieu où il vivait, la profession ; un homme dont tu ignorais tout : un inconnu, vivant, mais plus absent qu'un mort.

Au fond, ton père, comme dans l'enfance, et peut-être plus encore à présent, c'était un homme qui n'existait pas.

Tu es la fille d'un homme imaginaire.

En somme, tu n'existes plus qu'à demi.

Henri et Maud sont inquiets de ta décision d'aller passer rue Saint-Antoine cette dernière soirée avant ton départ. Ils trouvent que c'est une drôle d'idée. Ils se regardent. Ils n'aiment pas ça.

N'importe. Tu le feras.

Quand tu arrives, ce fameux samedi soir, vers cinq heures, rue Saint-Antoine, tu es tendue, pour toutes les raisons, matérielles aussi : tu dois repasser le lendemain matin avenue de Suffren, rassembler tes bagages, et le train pour Munich part au début de l'après-midi. *Une folie, ma chérie, une folie, cette soirée*, avait dit Maud.

D'abord distraite, tu vas être témoin d'une scène gênante entre Élisa, qui n'est pas encore partie, et ta mère.

Élisa est en train de s'assurer qu'elle a bien pris ses médicaments. Elle insiste, elle la suit jusque dans l'embrasure de la fenêtre. Fanny est là, debout, comme indifférente, à regarder ce qui se passe dans la rue. Aux questions de sa tante, elle ne répond pas. Elle ne la regarde pas.

Élisa parle sans arrêt, d'une voix doucement insinuante, monocorde, épuisante, de l'importance de suivre le traitement.

« Il faut que tu comprennes, darling, explique-t-elle, il faut bien que tu comprennes que, si tu n'es pas raisonnable – tu vois ce que je veux dire –, ça n'ira pas. Ce n'est pas ce que tu veux ? »

Muette dénégation de Fanny qui secoue la tête. Elle a l'air d'une vieille petite fille.

« Alors, ces médicaments, il faut que tu les prennes. Il faut que tu te soignes si tu veux que tout aille bien. C'est ce que tu veux, non ?

— Oui, bien sûr, murmure Fanny.

— Si tu ne le fais pas, poursuit Élisa – et il y a quelque chose d'insupportable, de cruel, tu le sens, dans son insistance, dans sa façon d'articuler chaque mot –, si tu ne le fais pas, tu recommenceras à *faire des bêtises*. Tu ne veux pas faire de bêtises, n'est-ce pas ? »

Fanny fait non de la tête, misérablement.

Toi qui assistes à la scène, d'un coin de la pièce, faussement discrète, tu as honte, honte de ce jeu, honte de ce qui arrive, honte de tout.

La pitié que tu as de Fanny, en cet instant, est insupportable.

C'est peut-être ça qui t'a rendue nerveuse, agressive. Qui explique la suite. Le reste.

Très vite tu comprends que tu n'aurais pas dû venir. Que tu n'aurais pas dû faire cette promesse ; ou que tu n'aurais pas dû la tenir. Que Maud avait raison. Que ce dernier face-à-face est, comme elle le disait, une folie.

Élisa, que tu ne reverras pas avant ton départ, t'embrasse, te fait mille recommandations émues ; en dépit de sa maladresse, tu sens combien elle vous aime.

Après son départ, il y a tout à coup un grand vide. Une absence. Vous êtes là, ta mère et toi, dans le silence. Dans l'étrangeté.

Vous n'avez rien à vous dire. Rien de dicible. Rien d'innocent. Rien qui ne soit dangereux, mortel peut-être.

Élisa vous a préparé à dîner. La table est mise. Mais vous n'avez pas faim.

Et voilà que Fanny se met à pleurer, doucement. Sans dire un mot, elle pleure, sa petite main crispée sur un mouchoir, contre sa bouche.

Tu dis que tu lui écriras. Qu'elle ne doit pas s'inquiéter. Que tout ira bien. Ces choses-là. Que la famille qui doit t'accueillir semble très sympathique.

Tu parles, tu prononces des mots, mais tu sais bien que tu ne dis rien, que tu ne peux rien dire, que tu ne *dois* rien dire. Tu essaies juste d'occuper un silence effrayant avec des paroles vides. Tu bourres le silence de vide.

Au même moment il se met à pleuvoir. Une grosse pluie d'été. De larges gouttes d'eau qui s'écrasent lourdement sur le zinc du toit, l'appui de la fenêtre. Le ciel est bleu ardoise. On entend un long coup de tonnerre. Et soudain la pluie crépite, gicle sur la chaussée, les trottoirs.

Fanny pleure.

Elle n'essaie pas avec des mots de te faire revenir sur ta décision, mais tu sens qu'elle le fait avec des larmes, avec de l'eau, avec la complicité mystérieuse de l'orage.

Tu penses désespérément à la voix douce et ferme de Françoise Lebrun te répétant qu'*il faut partir, Marion, absolument ; que vous vous écartiez, ne serait-ce qu'une année.*

Tu sais bien que cet amour-là, l'amour de Fanny, est une prison. Que si tu l'écoutes, il va t'enfermer. Pour toujours.

Tu essaies de ne pas regarder la femme qui pleure devant toi. De ne pas entendre le petit bruit de sa respiration dans les larmes.

Tu te lèves. Tu vas regarder à la fenêtre la pluie tomber.

Et puis, il y a tout à coup cette voix dans le silence, cette voix étonnamment calme qui murmure, qui souffle une phrase :

« Au moins, ne va pas t'imaginer que, là-bas, tu pourras retrouver ton père. »

Tu as d'abord, dans la surprise, haussé les épaules. Et puis tu as compris. Et c'était trop énorme, trop triste, trop cruel : la colère t'a pris, a rompu les digues, emporté tous les interdits, tu lui as hurlé au visage que tu partirais, qu'elle ne t'arrêterait pas, que jamais, jamais plus tu ne vivrais avec elle.

Ensuite, sans que tu saches comment, tout est venu, d'un coup : tu lui as dit, tu lui as crié ta révolte contre son emprise, contre ses mensonges, contre sa maladie, contre toutes ces années, contre ton enfance, contre toute cette folie. Tu lui as dit ton refus de cet amour-là, de cet amour fou. Tu lui as raconté tes peurs d'enfant, tes angoisses, tes attentes ; tu lui as raconté ton dégoût. Et puis tu t'es arrêtée, brusquement.

Elle ne disait rien. Elle ne pleurait plus. Elle écoutait, le visage très calme. Distante. Comme hautaine. Le regard ailleurs.

Le silence, de nouveau. Mais autre. Intense. Définitif.

La pluie avait cessé. La nuit descendait doucement.

Tu as dit à Fanny que tu allais faire un tour, que tu avais besoin de respirer. Et tu es partie, sans attendre de réponse.

Dehors, la fraîcheur des rues vides, encore brillantes de pluie, l'odeur de l'asphalte mouillé, un lointain parfum de terre, de feuilles. Tu marches dans les rues familières, au hasard. Tu prends la rue Saint-Paul, la rue Charlemagne, ces rues-là, ces rues aimées, les rues de l'enfance que tu quittes. Tu retrouves la rue François-Miron ; tu passes sous les fenêtres de l'appartement des Schulmeister, la fenêtre de Pierre ; tu vas jusqu'à Saint-Gervais, tu traverses, tu prends les quais, tu longes la Seine couleur de sable sous la nuit. Tu marches, tu marches encore, plus loin. Sur le pont des Arts, tu t'arrêtes. L'air est tout imprégné des mystères de l'eau, du vent, des ailleurs. Tu te sens formidablement heureuse de partir, de les quitter tous, Fanny, Maud, Henri, et même Élisa. De quitter le décor et les personnages de cette histoire. Tous. En même temps. À la fois.

Quand tu es rentrée rue Saint-Antoine, Fanny dormait déjà ; elle avait dû prendre ses médicaments. Tu pouvais entendre sa respiration régulière dans l'obscurité. Dans la chambre où ton lit est toujours installé – à présent celui d'Élisa – tu as tiré d'un placard ce qui pouvait encore t'appartenir : quelques livres, des vêtements et des jouets d'autrefois.

Et, là, tu t'es mise à *dénouer*, à te séparer des choses, une à une : à défaire, supprimer, détruire un par un les liens qui t'attachaient encore à cet endroit, à ce temps, à *elle*. Tu as porté la main sur les objets aimés, familiers. Tu as déchiré, cassé, jeté. Avec volupté.

Les vêtements que ta mère t'avait choisis, achetés, tu en as fait un paquet à donner. Paquet honni, que tu as enfermé dans un journal avec le sentiment d'y fourrer, d'y enterrer la haine et l'amour de cette enfance folle. Ficelé, étranglé, le paquet.

Longtemps tu as fait ce travail de fossoyeur. Et puis tu t'es couchée et endormie comme un animal fatigué, d'un coup, sans une pensée.

Au matin, quand tu t'es réveillée, tu l'as trouvée debout, devant la fenêtre, serrée dans un peignoir, l'air d'avoir froid, les bras croisés sur la poitrine. Elle s'était coiffée. Elle semblait calme.

Tu t'es levée à ton tour. Tu t'es habillée. C'est toi qui as préparé le petit déjeuner. Elle te regardait sans rien dire, le visage inexpressif. Pas un mot à propos de la scène de la veille, comme si rien ne s'était passé, comme si rien n'avait été dit.

Quand tout a été prêt, elle est venue s'asseoir à votre table, sous la fenêtre de droite, comme autrefois, quand on croyait que la vie serait simple. Et un instant on aurait pu croire que rien n'était arrivé, sauf que la Fanny d'alors, la Fanny flamboyante et gaie, s'était changée en cette femme triste à l'air vieux, et que toi tu n'étais plus une enfant, tu n'étais plus *son* enfant, et que tu allais partir. Elle buvait son café à petites gorgées, en silence, le regard fixé sur toi. Peut-être était-ce à ça qu'elle pensait aussi.

Ensuite, quand tu as commencé à rassembler les quelques objets de toilette et les vêtements que tu avais apportés, elle a continué de te regarder, assise à la place d'où elle n'avait pas bougé. On aurait dit qu'elle assistait à une espèce de spectacle muet, où le moindre geste aurait été signifiant. Et tu sentais ce regard, l'insistance de ce regard qui te suivait, même dans la chambre, par la porte ouverte.

Alors, tout en rangeant tes affaires, tu t'es mise à parler un peu fort, pour occuper le silence, dissiper ce regard.

« Tu vas être raisonnable, dis ? Tu vas bien manger, bien prendre tes médicaments... »

Pas de réponse. Elle avait son air sérieux, attentif, un peu faux, cet air que tu connaissais bien, insupportable par le trop de souvenirs qui s'y attachaient.

« Tu m'entends, Fanny ? Tu me promets d'être raisonnable ? »

Tu répétais ta leçon, comme Élisa, la veille, avec cette conviction imbécile, cette suffisance.

Tu avais terminé tes bagages. Il fallait partir.

Elle s'est levée. S'est plantée devant la porte, les lèvres serrées, le regard dur.

« Sois raisonnable, Fanny, tu as dit ; il faut que je me dépêche : j'ai juste le temps de passer avenue de Suffren si je veux avoir mon train... »

Rien. Elle ne disait toujours rien. Elle ne bougeait pas, debout entre la porte et toi, avec ce regard de statue.

Alors tu as dit des mots, très vite, des mots qui ne voulaient rien dire, que tu lui écrirais, qu'elle aurait une lettre dès ton arrivée, qu'il y en aurait souvent.

Tu l'as embrassée ; sa joue était froide et lisse comme celle d'une poupée ; son visage vide.

Tu as dû l'écarter un peu, un tout petit peu, pour passer. Tu l'as fait doucement, aussi doucement que possible ; mais tu l'as fait.

Ensuite, tu as ouvert la porte, découvrant la béance et le froid du palier.

Elle restait un peu en retrait, tournée vers toi, immobile. Un instant comme ça. Un instant. Et puis tu as claqué doucement la porte sur elle, et tu as dévalé l'escalier.

En bas, tu as senti au passage, pour la dernière fois, l'odeur d'humidité, de vélos rouillés et d'urine qui stagne toujours dans le couloir, cette odeur familière qui te disait, à chaque fois que tu rentrais, que tu étais chez toi.

Ce n'est plus chez toi.

Tu refermes derrière toi la lourde porte d'entrée. Elle te laisse un goût de métal sur les doigts. Pénétrant. Inoubliable.

Bonheur angoissé du voyage. Bonheur de la fuite et honte de la fuite.

Tu essaies de n'être qu'attente, de ne penser qu'à l'arrivée, à ces gens qui vont venir te chercher à la gare de Munich, à ces inconnus chez qui tu vas vivre. À cette vie là-bas.

Dans le train, dans le bruit du train, les premières voix allemandes ; le passage rapide dans le couloir de ces mots-là, de cette musique-là, si particulière, ce rythme des phrases qui ont été celles de l'Allemand. Celui d'avant. Celui qui pour toi est vivant. Le mort.

Tu rêves à ce qui t'attend. Mais se soulève encore en toi une vague d'anxiété, et tu sens bien que ce n'est pas ce que tu vas trouver qui t'effraie, mais ce que tu laisses. Cette folie-là, qui, même ici, est encore la tienne.

Dans ton compartiment, de part et d'autre de la fenêtre, une jeune femme avec sa fille – sept ans peut-être.

Le regard d'adoration que la petite porte sur sa mère, belle, altière, un peu sauvage. Tu vois tout de suite qu'elles vivent l'une pour l'autre. Elles ne parlent pas. La mère sourit vaguement. Elles forment toutes les deux comme une île où personne n'a accès. Et tu ressens à les regarder comme une petite douleur, obscure, lointaine.

De l'arrivée à Munich, tu as le souvenir d'une avalanche de bruits, d'images, d'odeurs nouvelles. Les bruits, les images et les odeurs de l'Allemagne, d'un autre pays, d'une autre vie. Comme une immersion.

Les Schwartz forment une famille nombreuse : les parents, quatre enfants adolescents ; tous très grands, très gais, la voix sonore. Tout le monde est très gentil pour toi, très attentionné ; ils aiment bien la petite Française dont ils prononcent le prénom à l'allemande en faisant chanter la nasale : *Mariaunne*. Ils trouvent que tu parles très bien leur langue, mais rient parfois de ton accent, qu'ils disent adorer. D'emblée, le fils aîné te fait la cour ; il s'appelle Georg, il est beau. Si étrange pour toi, qui ne connaissais personne – qui n'avais eu jusque-là qu'une amie, Anne, qu'un amoureux platonique, Pierre –, de te trouver tout à coup aussi entourée, d'avoir le sentiment de vivre pour de bon dans une telle famille, si facilement.

De la gare, ils te conduisent en voiture à leur maison de vacances, au bord du lac de Starnberg, où vous allez passer un mois. Rient de ton étonnement devant les dimensions de la maison, sa clarté ; devant la beauté du lieu. La vibration de la lumière, ici, est si différente ; tu t'émerveilles des éclats de soleil qui courent sur l'eau du lac, des longs rayons poudrés d'or qui passent le matin entre les arbres de la forêt.

Tu as l'impression d'être entrée dans un autre monde. Un monde simple. Plein de beauté, de soleil, de cris aigus, de rires, d'appels joyeux. Loin de la rue Saint-Antoine. Loin de Fanny. Loin de ses démences – bien qu'un soir on te raconte, justement, par hasard, l'histoire de Ludwig, le jeune roi fou, qui s'est noyé dans le lac, autrefois, tout près de la maison. Tu demandes comment, pourquoi. Georg rit : *er war verrückt. Einfach verrückt !* Tu sursautes. Bien sûr, un fou. C'est tout simple, n'est-ce pas, d'expliquer sa mort.

Es-tu vraiment si loin ? Mais oui, tu l'es. Tu veux l'être. Tu le dois. Loin même de l'Allemand, de ton père allemand qui n'a pas ici droit de cité.

Mein Vater ? Mein Vater ist im Krieg gestorben, réponds-tu à la question posée. On ne te demande pas plus : ici aussi la mort à la guerre force le respect, assure le silence. Que diraient-ils s'ils savaient que ton père était des leurs ? S'ils connaissaient cette histoire doublement honteuse ?

Und deine Mutter, Marion ?

On te demande, Funny-Face, on te demande, avec un regard apitoyé, si elle n'est pas trop triste de ton départ, ta mère, de cette longue absence. Tu seras partie un an, n'est-ce pas ?

Tu souris niaisement, tu dis que non, ta mère n'est pas *trop* triste. Qu'est-ce que ça veut dire, trop triste ? À partir de quand est-on trop triste ? Tu penses, à part toi, que la femme de l'Allemand est toujours triste. Extrêmement triste. Mais *trop* ?

Pas de lettre de Fanny cette première semaine. Pas d'enveloppe bleue dans le courrier. Tu guettes avec un peu d'appréhension l'écriture familière, haute et volontaire, reconnaissable entre toutes.

Mais une carte postale de Maud, enchantée de son circuit italien. On a du mal à déchiffrer ses pattes de mouche. Henri a juste eu la place de signer en bas, avec le mot *Tendresses.* La carte a été envoyée de Rome. Elle représente la fontaine de Trevi.

Tu as aussi reçu une lettre d'Élisa : enveloppe blanche, inodore, adresse transcrite de façon méticuleuse, timbre bien droit. Elle te dit, de sa petite écriture appliquée dont pas un caractère ne dépasse l'autre, elle te dit, en quelques lignes passées au cordeau, que tout va bien, ma chérie. Que Fanny est un peu fatiguée, mais rien de grave. Qu'il pleut à Paris. Qu'elles t'embrassent toutes deux et te souhaitent de bonnes vacances.

C'est tout. On te demande ici, en te voyant ouvrir ton courrier d'un air soucieux, si tout va bien : *alles in Ordnung ?* Oui, tout semble dans l'ordre.

Cet après-midi vous irez faire de la voile.

C'est au cours de la semaine suivante que c'est arrivé. Ça. Ce que tu craignais. Ce que tu avais toujours craint sans le nommer. Cette chose-là, effroyable, dont tu savais confusément qu'un jour elle arriverait.

Tu tiens encore à la main cette nouvelle lettre d'Élisa, cette lettre qu'on vient de t'apporter, que tu viens de lire.

Ce n'est pas ta faute, Funny-Face. Ce n'est pas ta faute.

En reconnaissant l'écriture sage, cette fois, tu as tout de suite compris. Deviné. Su.

Tu as ouvert l'enveloppe blanche, dont tu sentais, cette fois, qu'elle n'était pas innocente – ce n'est pas ta faute, Funny, ce n'est pas ta faute – et tu as lu.

Lu et relu cette lettre, datée d'il y a quatre jours, en calculant, en cherchant, absurdement, *quand* c'était, *quand* ça s'était passé, entre le dernier message et celui-ci.

Ce n'est pas ta faute, Funny.

Tu as lu, pendant que, dans la pièce d'à côté, tes amis riaient et parlaient – voix jeunes, gaies, sonores.

Tu as lu cela, cette chose, et, par la porte ouverte, tu entendais ces Allemands qui parlaient fort, dont les voix résonnaient, soudain inintelligibles. Tout à coup tu n'entendais plus leurs paroles, tu n'entendais plus que les mots écrits. Ces mots énormes.

Au bout d'un moment, quelqu'un pourtant a crié de loin, de la pièce voisine, quelqu'un a crié ton nom :
– *Gehts, Marion ?*
Peut-être parce que ton silence était devenu si grand qu'il avalait l'espace, qu'il appelait au secours.
Tu n'as pas répondu. Tu as continué à lire, à relire.

Elle disait, la lettre, la lettre d'Élisa, cette lettre écrite là-bas, rue Saint-Antoine, que notre petite Fanny avait eu un *accident*, ma chérie, un terrible accident, en traversant imprudemment, comme elle faisait toujours, tu sais bien. Qu'elle avait été renversée. Qu'à l'hôpital on n'avait pas pu la ranimer. Que c'était fini, ma chérie. Qu'elle n'avait pas souffert.

Élisa expliquait qu'elle n'avait pas voulu te faire revenir. Que c'était trop triste, trop dur. Qu'elle s'était occupée de tout, seule, faute d'avoir pu avertir Maud et Henri, injoignables en Italie. Que c'était bien comme ça.
Elle te disait aussi, maladroitement, sa tendresse, son désir que tu vives enfin *normalement*. Que tu oublies toute cette tristesse, si grand soit ton amour pour Fanny.
Tu lisais sans comprendre. Retenant juste des mots qui te déchiraient comme *accident*. Ou cette formule : *en traversant imprudemment, comme elle faisait tou-*

jours. Parce que le souvenir te revenait, poignant, si tendre, si terrible, de ces jours de l'enfance où tes petits doigts, accrochés à sa manche, à son bras – pas sa main, parce qu'elle tient des paquets –, tu la suis avec terreur au milieu des voitures, elle, royale, si droite, si forte alors, elle, devenue aujourd'hui ta petite. La silhouette fragile en blouse d'uniforme bleue de l'hôpital psychiatrique de Saint-Maurice. Ta petite que tu as laissée, que tu n'as pas protégée, que tu as abandonnée alors que tu étais la seule à pouvoir l'aider.

Bien sûr que si, Marion, tu es coupable, et s'il fallait instruire ton procès jour après jour dans cette histoire, tu serais condamnée.

Tu sais bien que c'est toi qui as tué Fanny.

De la pièce voisine, on a encore appelé.

– *Marion ? Was ist los ?*

Tu n'as pas répondu. Incapable de répondre à ceux de là-bas, ceux de la vie normale.

Et une idée folle t'a traversé l'esprit : ce que tu voudrais, en ce moment, la seule chose que tu voudrais vraiment, oui, cette chose impossible, c'est que ce soit ton père, l'Allemand, qui soit là, à côté, que ce soit lui qui t'appelle, lui qui te demande si ça va, Marion. Alors, tu lui répondrais simplement, doucement :

– Maman est morte.

Car c'est ce nom, ce seul nom que tu donnerais aujourd'hui à ta mère.

Et cette phrase, ce bizarre assemblage de mots, *maman est morte*, ces mots-là, ces mots nouveaux, qui résonnent pour toi seule dans ta tête, ces mots fous, ces mots qui cognent, c'est pour lui que tu les dirais.

Alors, il entrerait dans la pièce. Il serait très pâle. Il t'ouvrirait les bras sans parler. Lui seul, lui seul, tu le sais maintenant, serait capable de comprendre toute ta honte, et tout ton amour.

Je n'ai jamais, plus tard, cherché à savoir la vérité en ce qui concerne l'Allemand ; jamais voulu vérifier si Fanny avait dit la vérité ou non : peut-être vit-il dans quelque ville d'Allemagne avec sa famille et le souvenir de la jeune Française qu'il avait aimée ; peut-être est-il vraiment mort à Stalingrad.

Pour moi, de toute façon, il sera toujours l'Allemand. J'aime ce mystère qui est celui de mon enfance. Qui est celui de Fanny.

Un jour, longtemps après mon retour d'Allemagne, j'ai retrouvé un vieil atlas, gardé par Élisa avec d'autres souvenirs de la rue Saint-Antoine. En l'ouvrant, je suis tombée sur un petit carré de papier journal jauni, soigneusement découpé : c'était la photo du jeune soldat de la Wehrmacht qui m'avait fait rêver enfant pendant des mois.

C'est lui, mon père, personne d'autre. Cette image pour moi gorgée d'une tendresse plus forte que la folie et que la haine.

De ma mère, il ne me reste rien, pas un portrait, pas même une photo, puisqu'elle n'en voulait pas. Il ne me reste, comme toujours, comme autrefois quand elle *disparaissait, que le petit visage aigu d'Édith Schiele, son regard naïf, tendre, un peu égaré, qui est le regard même de « la femme de l'Allemand ». Celui d'un amour absolu.*

Depuis sa mort, je ne rêve plus de la petite route. Jamais. C'est sans doute que, ce jour-là, en faisant cela, maman a réussi à me rattraper. Elle est là, en moi, ma petite, enfin apaisée. Je ne la quitterai plus. Elle ne sera plus jamais seule.

Marie Sizun
dans Le Livre de Poche

Jeux croisés   n° 31888

On dit que ces choses-là n'arrivent qu'aux autres… Qui
aurait cru Marthe, cette femme effacée, épouse tranquille,
professeur irréprochable, capable d'enlever un bébé ? S'agit-
il d'une succession implacable de hasards ou du surgissement
en elle d'une insoupçonnable zone d'ombre ? Construit
comme un thriller dont l'enjeu est tout autant la vie du bébé
que le sort de sa ravisseuse, *Jeux croisés* est un conte boule-
versant : la révélation pour une femme de sa vérité grâce à un
tout petit enfant, à son mystère, à sa fragilité.

Composition réalisée par Asiatype

Achevé d'imprimer en octobre 2011, en France sur Presse Offset par
Maury-Imprimeur - 45330 Malesherbes
N° d'imprimeur : 162659
Dépôt légal 1ʳᵉ publication : août 2009
Édition 03 - octobre 2011
LIBRAIRIE GÉNÉRALE FRANÇAISE - 31, rue de Fleurus - 75278 Paris Cedex 06